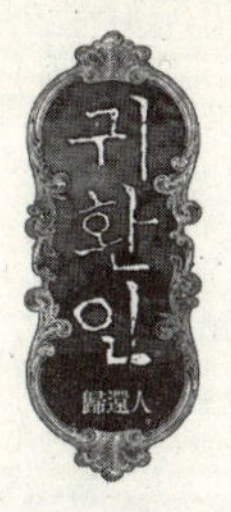

FUSION FANTASTIC STORY
김동신 퓨전 판타지 소설

귀환인 1

김동신 퓨전 판타지 소설

초판 1쇄 찍은 날 § 2012년 3월 15일
초판 1쇄 펴낸 날 § 2012년 3월 22일

지은이 § 김동신
펴낸이 § 서경석

편집부장 § 권태완
편집책임 § 박우진

펴낸곳 § 도서출판 청어람
등록번호 § 제1081-1-89호
등록일자 § 1999. 5. 31
어람번호 § 제1-1351호

주소 § 경기도 부천시 원미구 심곡2동 163-2 서경B/D 3F (우) 420-822
전화 § 032-656-4452 팩스 § 032-656-4453
http://www.chungeoram.com
E-mail § chungeoram@chungeoram.com

ⓒ 김동신, 2012

ISBN 978-89-251-2811-5 04810
ISBN 978-89-251-2810-8 (세트)

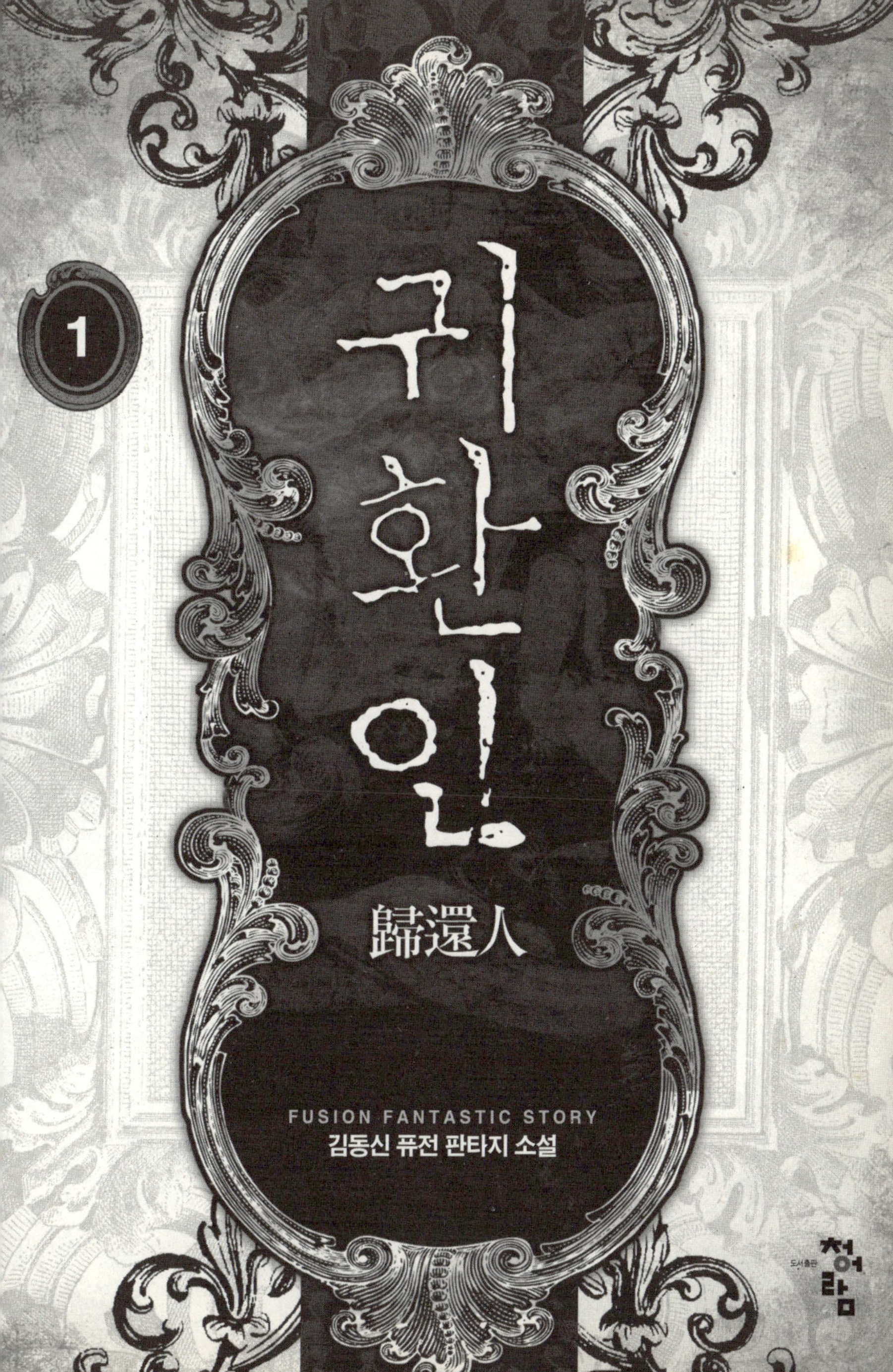

1
귀환인
歸還人
FUSION FANTASTIC STORY
김동신 퓨전 판타지 소설
도서출판 청어람

CONTENTS

Chapter
01
돌아오다

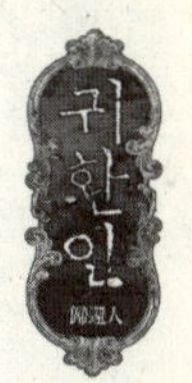

어둠이 내려앉은 깊은 밤.

을씨년스러운 분위기의 공사 현장에 이는 차가운 바람이
여름날의 열대야를 조금이나마 식혀준다.

한쪽 벽면에 어지러이 그려진 낙서들이 더욱 을씨년스러
운 분위기를 더한다.

깊게 패인 이곳저곳의 공사 흔적 위로 굴러다니는 비닐봉
지들.

구석에 아무렇게나 버려진 담배 꽁초에서는 누군가가 미
처 끄지 않은 담뱃불이 남아 빨갛게 빛을 내고 그 빛은 깊은

어둠 속에서 너무나 흐릿하게만 보인다.

공사장을 따라 넓게 쳐진 펜스를 경계로 여름의 밤에 어울리는 노래들이 공사장 주변에서 왕왕 울려대지만 안쪽은 이상하리만큼 조용하다.

마치 인위적으로 만든 듯한 고요함.

휘이잉—

누군가가 이곳에 있었다면 마치 귀신이라도 본 듯 흠칫 놀랐을 서늘한 바람이 공사장 일대를 휩쓸고 지나갔다.

그리고 이내 일렁이는 거대한 기의 파동.

기의 파동은 파문을 따라 쭉쭉 뻗어 나갔고 그 중심지에서는 믿지 못할 일들이 일어났다.

잔잔한 호수에 돌이 던져진 듯 허공에 파문이 그려졌다. 그 파문은 점점 크고 강하게, 그리고 조용히 번져 나갔다.

그 파문의 크기는 공사 현장을 모두 뒤덮었지만 펜스를 벗어나지는 않았다.

이내 그 파문을 허공의 중심을 향해서 펜스를 찍고 돌아왔다.

파문과 파문이 만나고, 그곳에 어느새 검은 구멍이 자리 잡았다.

거대한 기운들이 미친 듯이 일렁이는 구멍의 안은 검은 바람들이 휘몰아치고 있었다. 검은 번개와 하얀 번개가 번갈아

내려치며 스파크를 일으켰다.

단지 가까이 가는 것만으로도 전신에 소름이 끼칠 괴기스러운 모습 안에서 또 한 번의 변화가 일어났다.

한 사람이 걸어나온 것이다.

어느 무엇도 살아남지 못할 듯한 그 안에서 그는 멀쩡히 걸어나왔다.

검은 구멍 안에서 휘몰아치는 검은 바람과 번개들은 그의 옷자락에 닿지 못하고 소멸해 버렸다. 사내는 그런 것들을 일절 상관하지 않는 듯이 유유자적한 모습으로 천천히 걸어나왔다.

이내 여름 하늘의 구름이 움직여 달빛이 공사 현장을 비추었다.

사내가 나옴과 동시에 파문은 급격히 작아져 갔다. 검은 구멍은 이내 아무 일도 없었다는 듯이 소멸해 버렸다.

한 남자를 토해놓은 검은 구멍이 있던 허공은 천역덕스럽게도 그전의 모습을 하고 있었다.

저벅저벅.

검은 구멍에서 뛰쳐나온 사내는 신기하다는 듯이 주변을 둘러보았다. 마치 이곳이 어디인지 짐작해 보려는 듯했다. 한참을 관찰하던 그가 크게 숨을 들이켰다.

"흐으읍!"

　폐를 가득 채우는 먼지가 가득한 공기.

　그 안에서 느껴지는, 그가 방금 전까지 존재했던 세계와는 전혀 다른 희미하디희미한 마나의 존재들.

　사내는 얼굴 만면에 기쁜 미소를 띠고는 한마디를 중얼거렸다.

　"돌아왔어, 내 고향으로! 지선아, 유하야, 재명아……! 나 권태령이 돌아왔어!"

＊　　＊　　＊

　"결국 돌아오는 데에 성공했네. 반신반의했었는데……."

　아무도 찾지 않는 공사 현장에서 홀로 서 있던 태령이 중얼거렸다.

　마치 어딘가에서 오랫동안 있었던 것 같은 태령은 이내 주변을 다시 둘러보았다.

　펜스의 벽면마다 페인트로 어지러이 그려놓은 낙서들이 눈에 뜨였다. 이제는 완벽히 꺼져 버린 담배 꽁초들이 아무렇게나 버려져 있는 모습도 보았다.

　아까 전까지만 해도 자신이 있었던 곳과는 완벽히 다른 장소.

　태령은 고개를 들고 눈을 감았다.

방금 전까지 자신이 있었던 곳을 기억해 내는 것이다.

붉은 하늘이 펼쳐져 있고 세 개의 태양이 하늘에 떠 있는 곳.

비바람 대신에 죽음의 비명이 사방에 울려 퍼지고, 하늘에서는 검은 번개가 폭풍처럼 휘몰아친다.

하루하루가 투쟁의 나날이었다.

십 분이라도 살기 위해서 검을 휘둘렀고, 하루라도 더 살기 위해 몸부림을 쳐야 했다.

그가 그곳에서 가진 것은 차원이동으로 인해 더없이 순수해진 육체, 그뿐이었다.

강철도 찢어발기는 엄청난 힘과 총알도 박히지 않을 질기디 질긴 가죽과 철갑으로 무장한 마수들이 판을 치고 있었기에 그의 암담함은 더했다.

그가 그곳에서 살 수 있었던 것은 순전히 운 때문이었다.

마수들을 피해 죽을 듯이 달리던 그는 역대 최강의 마왕이라 여겨지는 마수왕 베히모스의 봉인지에 우연히 떨어졌고 그곳에서 힘을 얻었다.

그렇게 하루하루 살기 위해 몸부림치던 나날은 끝이 났다.

그는 그곳의 먹이사슬에서 최상의 위치에 올라섰다.

그보다 약한 자들은 모두 무릎을 꿇고 머리를 조아렸다.

강자존.

약육강식.

이 원시의 법칙이 적용되는 그곳의 이름은 마계였다.

베르키 폰 베히모스.

태령의 마계에서의 이름이다.

베히모스의 후계자이자 모든 마수들의 위에 군림하는 군주.

마계의 5대 마공작 중 한 명.

마계 최강의 무력을 지닌 강자.

성마대전의 공포.

수천, 수만의 천족을 찢어발긴 그는 항상 천족의 공포로 군림해 왔고, 그들과의 전쟁에서 언제나 선봉에 섰다.

선봉에서 세 가지 권능으로 휘하의 마수들과 함께 천족들을 죽이는 그의 모습은 마족들 사이에서 정도였으니, 그가 가진 힘은 전율이 일 정도였다.

“하아……”

깊은 한숨이 흘러나온다.

그와 동시에 반개하듯 천천히 떠지는 눈.

황금빛의 눈동자가 사나운 살기와 휘몰아치는 광기를 간직한 채 고고한 위엄을 자랑했다.

그의 온몸에서 끊임없이 흘러나오는 절대자의 기도는 주변의 대기마저 무겁게 만들었다.

그 존재 자체만으로도 충분히 위협적인 사내는 이내 스스로 기세와 존재감을 모두 갈무리하기 시작했다.

대기를 무겁게 짓누르던 존재감은 사라졌고, 온몸에서 흘러나오던 절대자의 기도는 마치 빨아들여지듯 사내의 몸속으로 끌려 들어갔다.

"이 정도면 괜찮겠지."

모든 존재감과 기도를 지운 태령은 고개를 돌려 공사장 주변에 하늘을 찌를 듯이 높이 솟아나 있는 빌딩들을 보았다.

하늘까지 솟은 건물 중 하나를 바라본 그는 무심히 한 발을 내딛었다. 직후, 그의 신형이 그곳에서 사라졌다.

얼마나 지난 것일까?

여름의 열대야가 아직도 밤을 후끈하게 만들고 있지만 고층빌딩의 옥상은 그렇지 않다.

여름치고는 차가운 바람이 매섭게 몰아치고 있었다. 그에 따라 헬기 착륙의 표식이 그려진 바닥을 뒤로하고 난간에 위태로이 서 있는 태령의 짧은 머리카락이 미친 듯이 이리저리로 흔들렸다.

손과 발이 저려오는 풍경이 발아래로 아찔하게 펼쳐져 있지만, 태령은 전혀 신경 쓰지 않는 모습이었다.

고층빌딩의 옥상을 밝혀주는 전등 빛이 그의 얼굴을 언뜻

언뜻 비추었다.

완벽한 포커페이스.

검은 머리카락이 미친 듯이 휘날릴 때마다 드러나는 시원스레 뻗은 콧날.

약간은 사납게 생긴 눈매와 짙은 눈썹.

갸름한 턱 선으로 인해 조금은 날렵한 느낌이 드는 얼굴형.

그리고 마지막으로 고집이 엿보이는 굳게 닫힌 입술.

전체적으로 전형적인 샤프한 미남의 모습을 연상케 하는 외모였다.

저 멀리 넓게 펼쳐진 서울의 야경을 말없이 지켜보던 그는 이내 숨을 크게 내쉬며 난간에서 가볍게 뛰었다.

그와 동시에 그의 신형이 어디론가로 쭉쭉 뻗어 나갔다.

일반 사람들이 보았다면 당연히 핸드폰을 꺼내 동영상부터 찍었을 정도로 사실성이 결여된 장면이었다.

그렇게 한참을 서울의 하늘을 떠돌아다니던 태령은 결국 어느 고층빌딩의 옥상에서 멈추었다.

얼굴 만면에는 당혹스러움이 가득한 표정을 짓고는 말이다.

"고시원이 어디였지……?"

아무래도 이곳을 떠나 마계로 가기 전에 살던 곳을 찾으려고 했는데 마음대로 안 되는 모양이다.

그도 그럴 것이, 태령은 80년이라는 세월을 마계에서 보냈다.

정확한 것은 아니다. 그저 어림잡아 80년의 세월이 흐른 것이리라 짐작하는 것뿐이다.

그 세월 동안 서울의 지리를 기억한다는 것 자체가 말이 안 될 것이다.

게다가 단순히 살았던 것이 아니라 하루하루를 투쟁의 나날 속에서 보냈다. 기억력의 천재가 아닌 이상 불가능한 일이다.

"할 수 없군……. 아무나 잡고 물어라도 봐야겠다."

결국 아래로 내려가 아직까지 밖을 돌아다니는 행인들에게 길을 물어보려 하던 태령의 움직임이 멈칫했다.

순간적으로 문제가 떠오른 것이다.

자신의 현재 의상.

전형적인 검은 정장을 멋스럽게 입고 있는 자신의 모습은 누가 봐도 이런 날씨에 어울리지 않는 모습이었다.

하지만 어쩌겠는가?

가진 옷이 이 한 벌뿐인데 말이다.

게다가 마계에서 이곳으로 넘어오기 전에 마음먹은 일 때문에 들고 온 돈도 없다.

돈이라기보다는 황금.

　마계에서 마수의 군주라 불리며 마계 오대 공작의 수좌를 차지한 그가 가진 막대한 양의 금은보화를 모두 돌덩이처럼 버리고 몸만 달랑 왔던 것이다.

　그는 마법도 사용하지 못한다.

　베히모스의 마력 자체가 마법과는 굉장히 거리가 먼 마력이다.

　엄청난 힘과 광기를 지닌 거대한 힘이기는 하지만 의외로 실용성은 떨어지는 것이다.

　다른 마족들이 흑마법을 이용해서 텔레포트를 할 때 자신은 무지막지한 스피드로 달리거나 나는 게 다였다.

　물론 오대 마공작의 위치에 오르고 나서는 텔레포트 전용으로 직위를 준 데미리치를 부하로 부리긴 했지만 말이다.

　아무튼 마법을 사용하지 못하다 보니 이런 곤란한 상황에서는 대처할 방도가 마땅히 없다. 마법을 이용한다면 집을 찾아가기가 훨씬 수월할 텐데 말이다.

　태령은 오늘따라 마법이라는 것이 너무나 배우고 싶어졌다.

　마법이 없으니 천상 자신이 찾아가야 할 것이고 외형도 바꾸질 못하니 시선을 끌 수밖에 없다.

　"에휴…… 아무런 준비도 없이 온 내 실수인가?"

　그래도 다행이라면 태령이 직접 디자인해서 만든 옷이기

에, 현대의 정장과 거의 똑같다는 것이다.

물론 여름에 이런 옷을 입는 것은 문제가 있어 보이겠지만은 말이다.

이럴 줄 알았으면 충분한 준비를 하고 오는 것인데라며 자책하기는 했지만, 차원의 균열이 일어나는 것은 근 백 년에 한 번씩으로 극악의 확률을 자랑하기에 태령도 어쩔 수가 없었다.

한숨을 가볍게 내쉰 태령은 이내 어둠 속으로 녹아들기 시작했다.

"쉐이드 계열의 마족에게서 은신술을 배워둔 건 정말 잘한 일이야."

순식간에 여름의 밤하늘에 동화되어 버리듯이 사라진 태령은 자찬하며 고층빌딩의 벽면을 따라 천천히 걸어 내려갔다.

워낙에 높은 고층빌딩이다 보니 걸어서 내려가는 데에 시간이 꽤나 걸렸다. 태령은 성큼성큼 발을 내딛어 바닥에 가까워졌다.

가로수가 길게 줄지어 있는 길가.

도로 위에는 마계에서 80년 동안 보지 못했던 자동차들이 멋진 자태를 뽐내며 달리고 있었다.

주변의 사람들은 모두 여름의 더운 날씨 덕에 맨살의 대부분을 드러내 놓고 돌아다녔다.

모두들 핫팬츠나 반바지, 반팔티를 입고 다니는 모습에 비해 혼자 검은 정장을 입은 태령의 모습은 우스꽝스럽기 그지없었다.

하지만 태령은 아직까지 은신의 기술을 풀지 않았기에 화려한 조명이 환한 길거리에서도 사람들은 그를 볼 수가 없었다.

밤이라고는 믿기지 않는 서울의 야경은 정말 화려했다.

온갖 광고판에서는 유명 연예인들이 얼굴을 비추고 있었고, 자동차의 헤드라이트와 영업이 끝나지 않은 주변 건물에서 나온 빛들이 어지럽게 얽혔다.

고층 건물과 빌딩마다 불이 꺼지지 않은 사무실들과 안 그래도 환한 거리를 비추는 조명들에 더욱 정신이 없는 태령이었다.

밤이 되면 혈향이 꽃피우고 비명 소리와 마수들의 울부짖음이 밤공기를 더욱 무겁게 하는 마계와는 전혀 다른 모습. 태령은 더욱 괴리감을 느꼈다.

"변한 것은 없어. 내가 변한 탓인가?"

잠시 동안 괴리감에 말을 잃었던 태령은 서둘러 정신을 차리고 외진 곳으로 이동했다.

옷 매장과 휴대폰 매장 사이에 있는 골목길로 들어선 태령은 일단 은신을 풀었다.

마치 무언가가 태령의 모습을 씻어내듯이 어둠 속에서 그가 다시 나타났다.

태령은 옷깃을 정리한 뒤 골목길을 벗어났다.

여전히 화려한 거리.

여기저기서 행인들이 시끌벅적하게 지나다녔다. 사내놈들과 여자들이 재밌는 농담을 해대며 자지러지게 웃었다. 그 모습을 잠깐 그리운 눈길로 바라보던 태령은 일단 원래 살던 고시원이 어디 있었는지부터 기억해 내려고 했다.

그의 기억에 이런 고층빌딩이 운집해 있는 곳은 서울에서 목동이나 강남이었다. 고등학생이었기에 기껏 다녀봤자 집 근처, 혹은 강남이었던 것이다.

예상이 맞다면 다행이다.

왜냐하면 태령은 목동에서 매우 가까운 곳에서 살고 있었기 때문이었다.

그렇다고 부자였던 것은 아니다.

천애의 고아.

가진 것이 몸뚱아리 하나뿐이었다.

그는 태어날 때부터 부모님에게 버려진 후 고아원에서 자랐다.

부모님도, 일가친척도 없는 그는 세상에 홀로 떨어진 혼자였다.

태어날 때부터 그랬다.

고아원에서의 기억은 폭력과 구타가 대부분이었다.

항상 겉도는 성격의 그를 괴롭히고 때리던 덩치 큰 아이들과 그런 자신을 학대하는 선생님들.

아무도 그의 편에 서주지 않았다.

그나마 학교라는 곳을 보내주는 것이 다행이라고 여겨질 정도였다.

물론 교복도 다른 고아원의 아이들이 입었던 것들을 물려 입었고 학교에서도 왕따의 생활이 계속되었다.

말이 없고 항상 혼자 지내는 것에 익숙해진 태령은 자신도 모르게 다른 사람들과 경계를 그었던 것이다.

그런 그에게 친구가 생긴 것은 고등학교에 입학하면서부터였다.

유하와 재명, 그리고 지선.

셋은 학교에서 힘 좀 쓴다는 녀석들이 태령을 놀리고 구타를 할 때, 그의 편에 서서 싸워주었던 녀석들이었다.

쓸데없이 정의감이 넘치고 우정과 의리를 가장 우선시하는 녀석들.

피식.

자신을 위해 일진 녀석들과 맞서 싸우던 친구들의 모습이 떠오르자 태령은 저도 모르게 미소가 지어졌다.

모든 권력과 부를 포기하고 한국으로 다시 넘어온 이유도 그 친구들이 그리워서 그런 것이 아니었던가?

자신의 힘과 모든 정체를 숨기고 친구들이 죽을 때까지 그들과 함께 한평생을 사는 것이 그의 꿈이었다.

평범한 가정을 꾸리고 친구들과 술 한 잔을 기울이며 마계에서의 피비린내 나는 기억을 잠시나마 지우고, 평범한 인간들이 그러는 것처럼 살고 싶었다.

그렇기에 모든 것들을 버리고 왔다.

그렇게 살고 나면, 친구들이 모두 죽고 나면 얼마나 오랜 시간을 혼자 살아야 할지 모른다.

이미 인간 육체가 가진 한계를 넘었기 때문이다.

광폭한 베히모스의 마력은 태령의 수명을 무한대라고 해도 과언이 아닐 정도로 늘려 버렸다.

지금의 모습도 태령이 마계로 넘어가기 전과 똑같았다.

피부가 아기처럼 뽀얗게 변한 것과 시력이 나빠서 항상 쓰고 다니던 안경이 없는 것을 빼면 말이다.

그때보다 전체적으로 분위기도 여유가 흘러넘쳤다. 현대 한국의 시각으로 확실하게 잘생겨지기도 했다.

하지만 이런 자신의 모습을 친구들이 알아볼 수 있을 것인가라는 걱정도 들었다.

잠깐 고민하던 태령은 이내 가볍게 무시했다.

"못 알아볼 리가 없어."

이 세상의 그 누구보다 가까운 친구들이다. 겉모습이 이렇게 변했다고는 하지만 못 알아볼 녀석들은 절대 아니다.

잠시 상념에 젖었던 태령은 일단 길을 물어보기 위해 주변 사람에게 물어보기로 했다.

마침 태령의 앞을 지나가는 한 아저씨를 발견한 태령은 일단 자신이 사용하는 언어가 한국어가 맞는지 생각해 본 뒤 입 밖으로 꺼냈다. 오랫동안 사용하지 않았던 언어라 조금 어색했다.

"죄송한데 길 좀 물을 수 있을까요?"

아저씨의 고개가 태령을 향한다.

위아래로 그를 훑어보는 시선.

몸에 딱 맞게 입은 검은 정장과 길게 내린 윤기가 흐르는 흑발.

그리고 무엇보다도, 약간은 차가워 보이지만 척 보아도 잘생긴 외모.

하지만 아저씨는 무언가 맘에 안 드는 듯했다. 태령은 그의 불편한 표정을 보고 자신의 의상 때문인가 지레짐작했다.

하지만 그것은 태령의 착각이었다.

아저씨는 옷 때문에 불편한 것이 아니라, 태령에게서 느껴지는 본능적인 감각 때문에 굳은 것이었다.

흡사 맹수 앞에 선 초식동물처럼, 태령이 존재감을 훌륭히 숨겼다고 해도 본능에서부터 무언가 위압감을 느낀 것이다.

찌는 듯한 더위 속에서 검은 정장을 발끝까지 차려입고 땀 한 방울 흘리지 않는 모습에서 오는 괴리감은 하등 문제될 것이 없었다.

"나, 난 모르네. 바, 바빠서 이만."

그는 결국 서둘러 태령의 앞을 떠나 버렸다. 자신이 왜 이러는지 끝까지 이해하지 못한 채.

그냥 몸을 돌려 가버리는 아저씨의 모습에 태령은 어이가 없었다.

"쓰읍……. 이런 대접은 정말 오랜만인데?"

마계에서의 80년 세월 중에 60년을 마계의 최정상에서 산 자신이었기에 이런 대접이 너무나 생소했다.

그 어느 누구도 자신의 눈조차 마주치기 어려워했고, 한마디 말이라도 걸어주면 기쁨에 몸서리치거나 공포에 질려서 바들바들 떨었다.

그런데 이런 식의 반응이라니.

"마계에서의 생활에 너무 익숙해졌나 보네. 적응하자."

뒷머리를 긁적인 태령은 포기하지 않고 길을 물어볼 사람을 찾기 시작했다.

그리고 얼마 안 가 한 무리의 여성들이 그의 옆을 지나갔
다.

화려한 의상.

짙은 화장을 하고 눈가에는 두꺼운 아이라인이 그려져 있
었다.

마땅한 사람이 없었기에, 하나같이 비슷한 화장을 한 여성
들에게 거침없이 걸어간 태령은 일단 말을 걸어보기로 했다.

태령의 의도는 순수했다. 길을 물어보려는 것.

그러나 자신들에게 걸어오는 태령을 본 여성들은 갑자기
호들갑을 떨기 시작했다. 잘생긴 남자가 자신들에게 번호를
따려고 접근하는 줄 알았던 것이다.

"저기… 죄송한데, 길 좀 물어볼 수 있을까요?"

꺄르륵.

태령이 말을 걸자마자 다들 웃음이 터지고 난리가 났다.

태령이 직접적으로 말을 건 여성은 볼이 발그레하게 물들
었다.

여성들의 눈에는 태령의 대사와는 상관없이 샤프한 남자
가 작업 거는 것으로 보인 것이다. 거기다 아저씨를 겁 먹게
했던 존재감이 도리어 좋은 작용을 한 덕분도 있었다.

"어디로 가시는데요?"

"지금 이곳이 어딘가요?"

태령의 뜬금없는 질문에 당황한 모습이었지만 그래도 친절히 대답해 주는 여성이었다.

"목동인데요?"

예상대로였다.

태령은 자신이 살던 곳과 꽤나 가까운 곳이라는 것에 기뻐했다.

"그럼 까치산역으로 가는 길 아시나요?"

최대한 정중한 모습으로 물어보는 태령은 그녀들도 아저씨처럼 등을 돌리고 가버릴까 봐 조마조마했다.

"까치산역이요? 사시는 곳이 그곳인가 봐요?"

"예. 이곳 길을 제가 잘 몰라서요."

태령이 어색하게 웃으면서 말했다. 여성이 곧장 뭐라고 대답하려고 하는 찰나, 그녀의 뒤에 있던 다른 여성이 갑자기 고개를 내밀었다.

"저도 까치산에 가야 하는데, 같이 가실래요?"

은근슬쩍 앞으로 나서는 모양이 태령이 마음에 들었나 보다.

"저, 저희도 까치산역으로 가는 길이었어요!"

그러자 다른 여성들도 다같이 똑같은 말을 내뱉었다.

태령은 난처해졌다.

딱 보아도 지금 목적지를 충동적으로 바꾼 것이다.

그녀들의 눈빛을 모를 리가 없는 태령이었다.

'원래 한국의 여자들이 이렇게 적극적이었던가?'

태령은 그녀들의 눈빛을 보고 마계에서의 기억이 떠올랐다.

언제나 태령의 씨를 노리고 덤벼드는 서큐버스들의 기억이 말이다.

항상 자신의 침대에서 전라의 매혹적인 모습을 과시하며 유혹하려던 모습이 떠오른 것이다.

물론 정도의 차이는 있겠지만 둘 다 자신이 귀찮은 일이었기에 사양하고 싶은 상황이었다.

태령은 일단 빠져나와야겠다는 생각이 들었다.

서큐버스들이 자신을 노리고 달려들었을 때야 거슬린다는 이유로 모두 그 자리에서 잘게 다져져서 육편으로 흩날렸지만, 이곳에서는 그럴 수 없지 않겠는가?

"그, 그러신가요?"

"왜들 그래."

찌릿!

처음 태령이 말을 걸었던 여성이 적극적인 친구들의 모습에 부끄러운지 눈치를 주었다. 그녀가 한 번 째려보자 친구들은 내가 뭘? 이라는 표정으로 응수했다.

그런 모습을 보던 태령은 이내 뒷걸음질 치며 살금살금 물러섰고, 이내 빠르게 자리를 떴다.

"어라?"

"그 완소남 어딨어?"

태령이 사라지자 자기들끼리 눈치를 주고받던 여성들이 태령을 찾았지만, 이미 사라진 그를 찾아낼 리 만무했다.

"오랜만에 대어를 건지나 했는데……."

"네가 너무 들이대서 그래"

그녀들은 한동안 태령을 찾아 주위를 살폈지만 어디서도 그를 발견하지는 못했다. 결국 포기한 그녀들은 곧 원래 향하던 목적지로 사라졌다.

한편 태령은 아까 전의 그 골목길로 들어와 은신술까지 쓰면서 모습을 감추고 있었다.

"후우… 다행이다. 그래도 목동이라는 걸 알았으니, 돌아다니다 보면 집을 찾을 수 있겠어."

갑자기 들이대는 여성들 때문에 잠깐 당황했던 태령은 이내 맘을 진정시키고 움직이기로 했다.

자신의 능력과 예전의 기억이 있으니 집을 찾는 것은 이제 어려운 일이 아니었다.

결정을 내린 태령은 은신을 유지한 채 자리를 박차고 뛰어올랐다.

한 번의 도약으로 핸드폰 상가가 있는 건물의 옥상으로 뛰어오른 태령은 다시 빠르게 앞으로 쏘아져 나아갔다.

마치 화살처럼 눈에 보이지도 않는 속도로 누비며, 주변을 살피는 것도 잊지 않았다. 인간의 한계를 넘은 태령이었기에 어려운 일도 아니었다.

그렇게 십여 분을 헤매었을까?

태령은 결국 자신이 기억하고 있는 거리를 찾았다.

길게 뻗은 도로와 그 길을 따라 양쪽에 줄지어 선 가로수들.

그리고 작은 언덕 크기의 산과 넓고 길게 자리 잡은 산.

자신이 살던 동네가 맞다.

기억과 같은 길을 뛰듯이 걸어 태령은 드디어 어느 건물 앞에 도착했다. 정말 오랜만에 보는 빌딩이었지만, 마치 어제도 왔던 것처럼 생생히 그에게 다가왔다.

"드디어… 왔구나!"

근 80년의 세월 만에 도착한 태령의 고시원이었다.

Chapter
02

적응하다

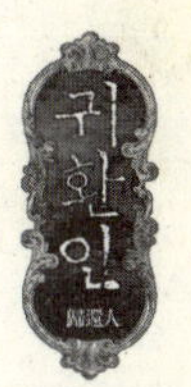

　고시원 건물에 도착한 태령은 망설임없이 안으로 들어섰다.

　7층짜리 빌딩의 6층에 자리한 고시원. 이 주변에서는 꽤나 큰 건물이기에 고시원의 창문으로 밖을 내다보면 어두운 밤의 도화지를 환하게 물들이는 형형색색의 불빛들을 볼 수가 있었다.

　태령은 새삼 돌아왔다는 감회를 느끼며 엘리베이터를 타고 6층으로 올라갔다.

　철제와 강화유리로 만들어진 고시원 입구.

80년 만에 보는 고시원의 입구는 조금 낯설었다.

신발을 벗으려던 태령은 문득 벗어서 어디에 둬야 하는지조차 기억이 나지 않는 자신의 모습에 당황했다. 그러나 이내 다른 사람들이 아무렇게나 벗어둔 신발을 발견하고 안도의 한숨을 내쉬었다.

태령도 그들처럼 신발을 벗어서 아무렇게나 던져 둔 뒤 안으로 들어섰다.

기억이 난다.

언제나 학교를 마치고 고된 아르바이트가 끝나면 이렇게 터덜터덜 고시원으로 들어서던 기억이 말이다.

코끝을 찌르는 고시원 특유의 냄새.

이제야 심적으로 무언가 안정이 되는 느낌이다.

마치 고향으로 돌아온 듯한 향수.

자신이 진정으로 마음의 안정을 취하고 꿈을 꾸는 자신의 집이 있는 곳이다.

태령은 어느새 자신이 돌아왔다는 사실이 가슴에 와 닿았다.

"태령이?"

태령이 고시원에 들어서며 인기척을 흘리자 입구 바로 앞의 총무실 창문이 열렸다. 그곳에서 주름이 가득 진 할아버지가 모습을 드러냈다.

굳은살이 가득한 손과 편하게 입은 민소매 티.

그리고 아직은 여름이라 헐렁해 보이는 반바지까지.

태령은 자신의 이름을 부르는 사람을 고개 들어 바라보았다.

'고시원 할아버지……'

80년의 처절한 나날 동안 태령이 잊고 지냈던 소중한 사람을 다시 기억해 내었다.

언제나 외톨이였던 그가 고시원에 살 수 있었던 것은 친구들과 그들의 부모님 도움이었다. 그리고 고시원에 방을 얻은 후로 물심양면으로 챙겨주었던, 친구들과는 다른 방식으로 가족처럼 지낸 사람이 바로 고시원 할아버지였다.

아니, '처럼'이 아니라 가족이었다.

묘한 눈길로 자신을 쳐다보는 태령의 모습에 약간은 어리둥절해하면서도 근심스럽게 바라보는 눈빛.

태령이 고시원으로 오는 동안 알아본 결과, 마계에서 80년의 세월을 보내는 사이 이곳에서는 단 10일만이 흘렀다는 사실을 알게 되었다.

물론 그 10일도 짧은 시간은 아니지만, 그래도 80년의 투쟁에 비할 바가 아니었다.

그 사실을 알고 처음에 얼마나 당황했던가?

할아버지의 눈빛에서 태령은 지난 80년, 아니, 10일간 사라졌다가 나타난 손주 같은 아이에 대한 걱정을 읽어냈다.

태령은 할아버지를 향해 미소를 지었다.

근심과 걱정을 덜어주기 위해서다.

"저 다녀왔어요."

태령이 환하게 웃으며 대답하자 할아버지의 표정이 묘해졌다. 태령의 분위기가 변했음을 느낀 것이다.

태령은 항상 조용하고 차분했다.

그만큼 사람들과 잘 어울리지 못하고 겉돌던 태령의 모습에 그 또한 얼마나 가슴 아팠던가?

태어날 때부터 혼자였던 탓에 사람을 사귀는 것이 서툴렀던 태령은 그 탓인지 고시원에 온 지 얼마 되지 않았을 때는 항상 얼굴에 멍이 잔뜩 들어 있었다. 교복에는 구멍과 낙서가 잔뜩 있었다.

그러다가 언젠가부터인가 친구들이 생겼는지 조금이나마 웃음이 늘었고, 옷의 낙서와 얼굴의 멍도 사라졌다.

하지만 겉으로 보이는 웃음이 다였을 뿐, 할아버지가 느끼기에는 여전히 고독 속에서 사람들과의 선을 그어놓고 살아가던 아이였다.

그런 모습에 할아버지는 가슴이 찢어지는 듯한 감정을 여러 번 느꼈다.

그에게도 자식이 있었다.

모두들 사회에서는 성공했다는 말을 들을 정도로 잘 살고 있지만 자신은 그렇지 않았다.

먼저 떠나 버린 아내의 빈자리를 채워주기 위해 노력했던 그에 비해 자식들은 모두 사회로 나가자마자 연락이 뜸해졌고, 소식도 간간히 어디서 주워듣는 정도였다.

자식들에게 버려진 자신과 태어날 때부터 버려진 태령.

할아버지가 태령에게 연민과 동정보다는 동질감이 들었던 이유가 바로 그 때문일 것이다.

그런데 지금 들어오는 태령은 여태 알고 지내던 태령의 모습이 아니었다.

항상 쓰고 있던 싸디싼 뿔테안경은 어디론가 사라졌다. 어린나이에 일찍 알게 된 세상에 짓눌려 축 처져 있던 어깨도 활짝 벌어졌다.

우울하던 표정은 온데간데없이, 언뜻 보아도 만면에 여유와 자신감이 흘러넘쳤다.

세파에 찌들어 피곤에 절어 있던 눈도 총기와 자신감으로 충만해 있었다. 금방이라도 울 것 같았던 입은 쇠고집보다 단단한 느낌으로 굳게 닫혀 있었다.

무언가 이유는 모르겠지만 굉장히 변했다. 분명히 같은 사람인데 전혀 다른 사람처럼 변했음을 할아버지는 직감적으로 느꼈다.

태령이 10일 전에 한 달 정도 지방으로 아르바이트를 간다고 했던 기억이 난 고시원 할아버지는 지금 태령의 등장에 더욱 어리둥절해졌다.

"한 달 동안 아르바이트 간다고 하지 않았었니?"

그의 말에 태령은 그 기억이 문득 떠올랐다.

원래라면 절대 불가능했을 노가다 아르바이트에 자신이 뽑혔던 사실이 말이다.

한 달 동안 노가다를 하고 300만 원을 받는단 말에 헤벌쭉해져서 가는 길에 그는 사고를 당했다. 그 사고의 영향으로 마계로 가버린 탓에 지금까지 잊고 있던 기억이었다.

"일이 하는 도중에 취소가 되어버려서요."

태령은 일단 변명을 하기로 했다.

아무리 자신에게 친할아버지 같은 분이라고 해도 마계에서 피와 광기에 도취되어 살다가 왔다고는 말하지 못할 것이다.

고시원 할아버지는 난데없이 검은 정장까지 멋스럽게 빼입고 나타난 태령의 모습에 어리둥절했지만, 크게 개의치 않았다. 일단은 태령이 나쁜 짓을 할 아이도 아니었고, 세상을 일찍 겪은 탓에 생각도 깊은 아이였기에 더 이상 묻지 않기로 했다.

그 사이 무슨 아르바이트를 하고 왔는지는 모르겠지만 말이다.

"피곤하겠구나. 얼른 들어가서 쉬어."

태령을 배려하는 고시원 할아버지의 말씀에 태령은 고개 숙여 인사를 하고는 방이 있는 복도로 들어섰다.

"무슨 일이 있었기에 아이가 저렇게 변한 걸까……."

태령의 갑작스런 변화에 의문이 절로 일었다. 하지만 좋은 쪽의 변화였기에 할아버지는 다행이라고 생각하며 한편으로는 의문을 접어두기로 했다.

한편, 태령은 복도로 들어서자 자신의 방을 기억하지 못하고 있었다.

덕분에 복도에서 멀뚱히 선 채 몇 번이나 기억을 더듬고 더듬어 겨우 자신의 방을 찾아냈다.

좁디좁은 방의 절반을 차지하는 싸구려 침대와 그 위를 덮고 있는 눅눅한 이불들.

벽에 걸린 교복과 방 한구석에 가지런히 곱게 개여 있는 태령의 옷들.

방은 먼지 한 톨조차 없다고 여겨질 정도로 깨끗했다.

심지어 책상 위에도 먼지 한 점 없었다.

고시원 할아버지가 태령을 배려해서 이곳에 없는 동안 청소를 해준 것이라 생각한 태령은 고마움에 다시 한 번 코끝이 찡해졌다.

태령은 일단 정장을 벗고 가지런히 개여 있던 다 늘어난 면
티와 무릎 나온 추리닝 바지로 갈아입었다.

오랜만에 마계에서 만들어진 옷이 아닌 현대의 옷을 입자
재질의 차이에서 일어나는 거부반응에 조금은 짜증이 일었
다.

마계에서 그가 입고 다니던 옷들은 대부분 최고급의 옷감
을 사용해서 만들어진 것들이었다.

게다가 혹시 모를 암습을 방비해서 옷에는 여러 가지 마법
들이 새겨져 있었다.

웬만한 6클래스의 마법들은 기본적으로 방어해 주는 대마
법용 방어진이 빈틈없이 새겨져 있었고, 태령이 신고 있던 구
두에는 영구 헤이스트 마법이 걸려 있었다.

그 구두 또한 현대의 구두와 같은 모습이었다.

태령이 마계에서부터 입고 온 정장은 가장 애지중지하던
옷이었다.

아니, 옷이라기에는 그 기능이 사기적이라고 할 정도로 대
단했다.

8클래스 마법까지 무리없이 방어해 낼 정도의 대마법용 방
어진이 새겨져 있고, 그 옷 자체에서 태령의 마력에 어울리는
존재감을 뿜어낼 수 있게 만들어져 있다.

또한 물리적인 공격도 충분히 막아낼 수 있는 재질로 꾸며

져 있다.

예전에 마계가 한 번 뒤집어진 적이 있었다.

마족들의 꼬임에 빠진 드래곤이 마룡이 되어 마왕을 죽이고 자신도 소멸하겠다고 발광했었던 것이다.

보통의 경우였다면 마룡은 최상급 마족과 가까스로 비슷할 정도의 무력을 가지고 있다. 최상급 마족을 뛰어넘는 오대 마공작들이 제압 못할 리가 없다. 하지만 그들은 그 마룡에게 밀리고 말았다.

가끔 드래곤들의 드높은 자존심에 변질된 마룡이 태어나고는 하는데, 그 마룡은 더욱 심한 돌연변이였던 것이다.

태령을 제외한 다른 오대 마공작이 모두 단신으로 겨루었다가 패퇴하자 마왕은 태령을 출전시켰다. 태령은 5일 밤낮으로 피 튀기는 싸움을 행한 끝에 그 마룡을 소멸시켜 버렸다.

마왕은 태령의 무위를 크게 칭찬하며 마룡의 어금니로 그가 가장 즐겨 입는 검은 정장에 손수 대마법진과 물리적인 공격에 가히 절대적이라 불려도 될 정도로 뛰어난 방어력을 가지게 하는 각종 마법을 새겨준 것이다.

물론 태령이 마왕의 눈에 들고자 마룡을 제압한 것은 아니었다.

단지 자신의 눈에 거슬리게 행동하는 마룡에 화가 났었을 뿐, 그 이상도 그 이하도 아니었다.

　광기와 살기에 몸을 맡기고 5일 동안 한바탕 만족스럽게 놀아준 것과 비슷한 감각이었다.

　새삼 검은 정장을 바라본 태령은 일단 고이 모셔두기로 했다.

　마계에서의 자신을 간접적으로 나타내 주는 옷이다.

　항상 피에 절었던 마계에서의 기억이지만, 태령에게는 지금의 자신을 있게 만든 기억이기도 하다.

　그렇기에 검은 정장도 소중했던 것이다.

　"일단 잘 모셔둬야겠네. 앞으로 입을 일은 없겠지만……."

　자신이 이곳에서 유희라고 해도 될 일생을 보내는 동안 저 옷을 다시 입을 일은 없을 것이다.

　태령은 일단 검은 정장을 고이 개어서 옷장의 한구석에 잘 두었다.

　"확실히 옷이 편하기는 하네?"

　튀어나온 무릎 덕에 다리를 굽히기 편하고 목이 늘어진 티 덕에 답답한 것도 없다.

　왠지 이런 스타일의 옷을 즐겨 입을 것만 같다.

　"그나저나 차원이동 때문에 엉킨 마력을 정리해야겠군."

　차원간의 이동으로 인해 피로와 정신적인 데미지가 심하게 축적된 태령은 일단 몸을 뉘어서 편하게 했다.

차원간의 이동은 몸에 엄청난 무리를 준다. 거기다 이동 중 차원간에 존재하는 미중유의 기운에 반발하여 베히모스의 마력이 폭주하려는 것을 줄곧 막았던 것에 대한 피로도 한계에 달한 상태였다.

지금도 태령의 눈동자는 자꾸 검은색과 황금색을 왔다갔다 하면서 수시로 변하고 있었다. 사람들이나 할아버지 앞에서는 최대한 막아보았으나, 혼자가 되자 더 이상 제어하기가 힘들었다.

"크윽……."

급격하게 악화되어 가는 상태에 태령은 일단 두 눈을 감고는 스스로의 몸속을 관조하기 시작했다.

지고한 정신력을 바탕으로 베히모스의 마력을 끌어다 쓰는 태령이었기에 스스로를 관조하는 것쯤은 기본이라고 할 수 있었다.

가히 노도와 같다고 여겨질 정도로 엄청난 마력의 해일이 일어나고 있었다.

그 끝을 알 수가 없는 엄청난 양!

태령은 일단 그 마력들을 조금씩 안정시켜 나가기 시작했다.

잔잔한 바람으로, 어떤 때는 돌풍처럼 휘몰아치는 마력들을 조금씩 어르고 달랬다.

　폭풍처럼 몰아치던 마력들이 조금씩 멎어들고, 태령은 한숨 돌린 듯이 깊게 호흡을 내쉬었다.

“후우…….”

　누워 있는 태령의 턱을 따라 땀방울이 떨어져 내렸다.

　열대야의 더위 속에서 정장을 빼입고도 땀 한 방울 흘리지 않았던 태령이었지만 폭주하기 일보 직전의 마력들을 정리하는 작업은 그만큼 어려운 일이었다.

“이제 그 녀석들을 만나러 가야 하는 건가?”

　싫은 티가 팍팍 나는 태령의 중얼거림.

　여전히 눈을 감은 상태였지만 마치 정신이 분리되어 있는 듯한 태령의 모습이었다.

　거대한 마력을 마치 수족처럼 다스리는 것과 동시에 다른 생각을 행한다는 자체가 태령의 경악스러운 정신력을 증명하는 것이었다.

　그렇기에 마계의 강렬한 광기와 살기 속에서 제정신을 유지하고 있을 수 있었던 것이다.

　태령은 이내 결심을 하고 거대한 마력의 바다, 그 심해로 정신을 이동하기 시작했다.

　거대한 광기와 살기가 휘몰아치는 엄청난 마력의 소용돌이를 헤치고 아래로, 그리고 좀 더 깊은 곳으로 들어가는 태령.

그는 이내 자신에게 내재된 마력의 근원으로 가게 되었다.

저 위에 휘몰아치는 거대한 마력의 소용돌이와는 전혀 다른 세상.

고요와 침묵만이 정신 속 가장 심원에 깔려 있었다.

무거운 분위기가 마치 실재하여 뭉쳐 둥둥 떠다니는 듯한 모습.

태령은 앞으로 한 걸음을 내딛었다.

"크르르릉……. 애송이군."

맹수가 으르렁거리는 소리를 연상시키는 낮은 울림이 태령을 반겼다.

거대한 철창 앞에 도착한 태령은 또 다시 자신의 온몸을 휘감는 엄청난 살기와 광기에 몸을 부르르 떨었다.

견고한 철창 안에서 흘러나온 낮은 울음과, 경멸과 분노에 찬 목소리.

그 존재 자체만으로 만인을 압도하는 엄청난 존재가 철창 안 심연 속에 가두어져 있다.

태령이 사용하는 거대한 마력의 원 주인.

마계 역사상 가장 강력한 마왕이자 마신에 한없이 가까운 마황의 위치까지 넘보았던 존재.

하나 마황의 권능을 받아들이지 못하고 스스로를 가두어야만 했던 비운의 존재.

10만 년의 세월 동안 마족들의 전설이 되어버린 존재.

마수왕 베히모스.

"잘 지내고 있으셨는지."

태령은 가장 예의 바른 태도를 취하며 인사를 올렸다.

지금은 봉인되어 있지만 마계의 강자존 약육강식의 지배 원리의 꼭대기에 있던 존재다. 거기다 자신의 힘의 근원이니 예를 다하는 것은 당연한 일이었다.

그것이 마족들이 사는 방법이었기 때문이다.

그리고 또한 베히모스는 역대 마왕 중에서 가장 강력했던 존재이자 마신의 대리자라는 마황의 권좌에 본신의 힘으로 가장 근접했던 마왕이다.

그런 만큼 베히모스는 마계에서도 전설로 치부되며 아직도 많은 마족들의 우상이었다.

그렇기에 태령 또한 마계의 전설이라는 베히모스에게 마계 오대 마공작의 위치로서 예를 갖추고 있었다.

"애송이. 여전히 미련을 버리지 못하고 있구나."

말 한마디 한마디에 짙은 살기가 어려 있다.

과연 마수왕이자 모든 마족과 천족에게 공포로 군림하던 존재다웠다.

"아직까지는…… 그리고 앞으로도 그럴 일은 없을 것입니다."

베히모스의 말에 태령은 한 치의 흔들림이 없는 목소리로 대답했다.

고개를 숙이고 있기는 하지만 그래도 마음까지 숙이고 있지는 않다.

언젠가는 자신을 침식해서 잡아먹을 괴물이기에 말이다.

"한심한 녀석! 인간의 몸으로 감히 나를 받아들이고 가둘 정신력을 지닌 녀석이 고작 그 정도의 힘에 만족하고 있구나!"

동시에 폭사되는 거대한 존재감과 광기들.

살기에 짓눌려 있던 태령은 심각한 정신적인 타격을 입었다.

침대에 누워 자신의 몸을 관조하던 태령의 입가에 피가 울컥하고 흘러나왔다.

"진정하십시오."

분노하는 베히모스를 향해 태령이 말하자 베히모스는 아주 조금 수그러들었다.

"크르르…… . 이번에 차원이동을 한 모양이더군. 마력이 폭주하는 모습을 보니 아직까지 고작 그 정도 힘도 제어하지 못하고 있구나."

태령은 아랫입술을 깨물었다.

하지만 베히모스에 비하면 턱없이 약자인 자신이었기에

그 말에 반박할 수가 없었다.

태령이 베히모스의 힘 중에 제어하고 끌어다 쓸 수 있는 마력은 40%에 불과하다.

그 정도만으로도 마계의 오대 마공작의 자리에 오르고 마왕을 제외한 가장 강력한 마족이기는 했지만, 베히모스가 보기에는 여전히 애송이에 불과했다.

처음에 이 인간이 자신의 힘을 받아들이려는 것을 보고 얼마나 가소로웠던가?

감히 인간 따위가 자신을 받아들이고 자신의 안에 봉인하려는 모습에 코웃음을 쳤던 베히모스였다.

하지만 차원간의 이동으로 인해 더없이 순수해진 인간의 육체는 베히모스의 예상을 뒤엎고 베히모스를 받아들이는 데 성공했다. 거기다 인간답지 않은 엄청난 정신력은 베히모스를 압도했다.

하지만 그런 인간이 베히모스의 의지를 물려받아 마황의 권좌를 얻지 않는 것이 매우 불만스러웠다.

스스로가 그 한계를 정하고 선을 넘고 있지 않는 것이다.

"저는 인간의 범주를 벗어나고 싶지 않습니다."

태령의 말에 베히모스는 크게 광소했다.

"크하하하하하! 지금의 네가 인간이라고 불릴 수 있는 줄 알고 있느냐? 여느 마족을 뛰어넘는 수명과 그 마력들을 사용하는 네가 인간이라고 생각되더냐?”

광소와 함께 태령을 깔보는 베히모스의 말투에 태령은 안색이 굳어졌다.

“저는 아직 인간입니다.”

태령의 황금안이 번뜩였다.

황금안에서 폭사되는 살기와 광기.

그 속에서 베히모스는 그 의지를 읽을 수가 있었다.

오롯이 인간으로서 존재하려는 태령의 의지력과 정신력.

그것들이 있었기에 이 인간이 자신을 거두고 가둬두기까지 한 것이 아닌가?

철창의 어둠 속에서 거대한 황금빛 눈동자가 빛나기 시작했다.

태령의 황금안과는 비교될 수가 없는 엄청난 살기와 광기가 휘몰아치는 황금안.

베히모스의 황금안은 태령의 것과는 근본적으로 그 종류가 달랐다.

마족 중에서도 가장 흉악하고 포악하다는 마수 출신의 마왕이다.

그런 만큼 그 살기와 광기는 상상을 불허하는 것이었다.

세로로 길게 찢어진 눈동자와 그 눈에서 폭사되는 존재감.

“크윽……!”

또 다시 베히모스의 존재감을 정면으로 받은 태령은 정신력에 강한 타격을 받았다.

하지만 지지 않는다.

거대한 존재감에 타격을 입긴 했지만 태령의 황금안은 여전히 번뜩이고 있었다.

베히모스는 여전히 자신을 바라보는 태령의 정신력에 다시 한 번 놀랐다.

비록 지금 봉인되어 철창 속 맹수 신세지만 그 존재감은 여전하기 때문이다.

베히모스는 그런 태령을 물끄러미 바라보다가 말했다.

"언제가는 스스로 나를 받아들이게 될 것이다."

"그렇게 될 일은 없을 것입니다."

단호한 의지.

인간의 한계를 넘어서기는 했지만 그래도 아직까지 자신은 인간이다.

이 사실을 언제까지고 가지고 가고 싶은 태령이었다.

"크르르르. 애송이, 건방지구나."

"이만 물러가겠습니다."

태령은 다시 고개를 숙여 인사를 하고는 나왔다.

"다음에 보도록 하지. 마력들은 잠잠해질 것이다."

"알겠습니다."

태령이 자신의 심원에서 정신력을 거두어들였다.

태령의 모습이 그곳에서 사라지자 베히모스는 낮게 웃었다.

"너는 마황의 권좌를 얻게 될 것이다. 크하하하하! 나의 의지를 잇게 될 것이다!"

한때 마황의 권좌에 오르려 했던 베히모스의 광소가 태령의 심원을 뒤흔들었다.

자신의 몸 안에서 폭풍처럼, 노도처럼 성이 났던 마력들이 급격히 진정되자 태령은 흘러내린 땀을 닦으며 한숨을 돌렸다.

역시 언제 봐도 마주하기 싫은 존재였다.

더군다나 단지 눈을 마주치는 것만으로도 압도되어 버리는 그 존재감이라니……

여전히 그 존재감은 엄청났다.

태령이 그렇게 베히모스와의 대면으로 노곤해진 육체를 정말 쉬려고 침대에 다시 드러누웠을 때 태령의 기감에 누군가가 다가오는 것이 느껴졌다.

똑똑똑.

"태령아, 자고 있니?"

고시원 할아버지의 목소리였다.

‘무슨 일이시지?’

태령은 서둘러 일어서 방문을 열었다.

나무로 된 방문이 삐걱거리는 소리와 함께 열리고, 밖에는 고시원 할아버지가 서 있었다.

빼빼 마른 몸 위에 걸친 민소매티와 반바지.

백발의 머리가 약간은 까치집이 되어 있는 고시원 할아버지였다.

“무슨 일이세요?”

“얼마 전에 오이소박이를 만들었단다. 반찬들이 떨어진 것 같아서 말이다. 반찬이 없으면 밥도 잘 안 넘어가는 거야.”

고시원 할아버지의 말씀에 태령은 그가 들고 있는 반찬통을 발견했다.

냉장고에 있다가 나온 듯이 아직까지 한기가 흘러나오는 오이소박이가 담겨 있는 반찬통.

“안 그러셔도 되는데⋯⋯.”

태령은 고시원 할아버지의 배려에 가슴 한켠이 먹먹해지는 것을 느꼈다.

갑자기 머릿속에 봇물 터진 듯이 흘러나오는 기억들.

언제나 반찬들을 가져다주고, 자신이 일이 늦게 끝나면 고시원에 돌아올 때까지 기다려 주던 고시원 할아버지의 모습이 기억난 것이다.

'이 못난 놈! 그런 기억들을 잊고 있었다니…….'

소중한 은인의 기억을 묻고 있던 자신을 태령은 자책했다. 그런 태령의 속을 모르는 할아버지는 반찬통을 얼른 태령에게 건네주었다. 반찬통에서 느껴지는 차가움이 오히려 할아버지의 따뜻함처럼 느껴졌다.

"감사합니다."

가슴 한켠이 먹먹해졌던 감정이 또 다시 코끝을 찡하게 만들면서 태령의 눈가가 촉촉해졌다.

이곳에 온 지 몇 시간도 안 됐거늘 마계에서 80년간 흘리지 않았던 눈물이 흘러나올 것 같았다.

"일이 힘들어도 밥은 꼭꼭 챙겨먹고 다녀야 돼. 반찬이 모자라면 언제라도 말하렴."

다정한 말투.

말없이 고개를 숙이고 있는 태령의 등을 한 차례 쓰다듬은 고시원 할아버지는 총무실로 돌아갔다.

덜컥.

문을 닫고 벽에 기대어 침대에 앉은 태령은 코에 스며드는 오이소박이의 냄새에 한없이 편안해지는 마음을 느꼈다.

이것이 자신이 잊고 살아왔던 고향의 소소한 행복이었던가?

항상 태어날 때부터 불행하다고 생각하며 절망 속에서 허

덕일 때는 미처 발견하지 못했던 행복이었던가?

자신을 자책하고 자학하던 어둠의 나날 속에서는 느끼지 못한 행복을 80년이 지난 지금 발견하다니…….

"나 너무 바보 같아…….."

금방이라도 눈물이 흘러내릴 것 같지만 안간힘을 쓰며 참는다.

왜 참는지 모른다.

단지 울면 안 될 것 같다.

근 백 년의 세월을 산 자신이 눈물을 흘리는 것이 추태라고 생각돼서 그런 것인가?

아니다.

이것은 이제야 발견한 행복에 대해 너무나 미안해서 그런 것이다.

이제야 이곳으로 돌아온 것이 너무나 잘한 일이라고 진심으로 생각하는 태령이었다.

"역시 돌아오길 잘했잖아."

태령은 손으로 눈가를 스윽 닦아냈다. 아주 작게 흘린 눈물이 그 손에 묻어났다.

*　　　*　　　*

이튿날.

태령은 일단 현실을 직시해 보기로 했다.

현재 자신의 통장에 남은 돈 50만 원.

이마저도 두 달치 고시원비를 내고 나면 남는 돈이 없다.

고시원비가 한 달에 25만원인 것도 기억이 났다.

게다가 어제 자기 전에 발견했던 낙서장 덕분에 이것저것 떠오른 기억에 의하면 학교에 내야 할 돈도 있었다.

학교수업비는 면제를 받았지만 급식비는 마련해야 했던 것이다.

그리고 이것저것 공부를 하기 위해 필요한 책까지 사려면 돈의 필요성이 더욱 와 닿는 현실이었다.

"일단 돈부터 구해야겠어."

이제 이곳으로 돌아온 지 하루 되었다.

그런데 돈을 구할 곳이 어디 있겠는가?

태령은 암담해지는 현실에 돈을 벌 궁리를 하기 시작했다.

자신이 가진 것은 거대한 마력과 속에 잠들어 있는 성질머리 나쁜 괴수.

"풋! 이럴 때가 아니지. 이럴 줄 알았으면 어느 정도 금은 가지고 올 것을. 너무 다급히 와버렸어."

언제나 산더미처럼 쌓여 있던 황금들이 괜시리 아까워지는 태령이다.

하지만 스스로 버리고 온 것을 어떻게 하겠는가?

다시 마계로 돌아가는 것은 극악의 확률에 가깝다.

차원의 틈이 열리는 것은 백 년에 한 번 꼴, 그마저도 위치가 어디인지 예측할 수도 없다.

마계에서 이곳으로 넘어오기 전에 발견한 차원의 틈도 경악할 정도의 확률로 얻어 걸린 것이기에 태령은 마계에 있는 자신의 궁전 창고에 산더미처럼 쌓인 금은보화를 눈물을 머금고 잊어버릴 수밖에 없었다.

"일단 일을 시작해야겠지? 눈앞이 깜깜하네."

막상 일을 하려고 마음은 먹었지만 마땅찮은 방법은 없었다. 원래 하던 일들은 그만둔 것이나 다름이 없다는 사실도 상기됐다.

'빌어먹을 현실……'

이리저리 머리를 굴려보지만 절대 떠오르지 않는 생각들.

결국 태령이 포기하고 다시 침대에 누우면서 은행이라도 털어야 하는 건가 라는 생각을 할 때였다.

순간적으로 머리를 스치고 지나가는 한 가지 기억.

차원의 틈새를 발견하고 급히 뛰어들려는 준비를 하는 자신의 주머니에 부하 마족이 급히 찔러 넣어준 무언가가 생각난 것이다.

작은 알맹이들이 여러 개였던 것으로 기억하기에, 태령은 일단 서둘러 정장을 꺼내어 주머니를 뒤져 보았다.

그 당시에는 차원의 틈에 정신이 팔리고 이것저것 알아보느라 정신이 없었기에 그것이 무엇인지 까맣게 잊고 있었던 것이다.

주머니를 뒤지자 작은 누런색의 돌멩이 같은 것들이 발견되었다.

바로 금이었다. 마계에 두고 왔다고 그렇게 아쉬워하던 금!

크기는 볼품없었지만 이 정도만 해도 태령에겐 엄청난 가치가 될 것이다.

태령은 함박웃음이 지어졌다.

"듀레인의 짓이었던가? 오랜만에 이쁜 짓을 했는걸?"

태령은 마지막까지 자신의 옆에 있던 마족의 이름을 되뇌었다.

항상 자신을 귀찮게 하는 녀석이었지만 이제 보니 가끔 귀여운 짓을 하기도 했다.

마계에 있을 때도 지금처럼 뜻하지 않은 도움을 많이 받았던 것이다.

태령은 일단 금 중에서 가장 작은 것을 골라서는 추리닝 주머니에 찔러 넣고, 나머지 금들은 모두 다시 정장 안에 고이 모셔두었다.

이 금들은 나중에 정말 큰돈이 필요할 때 사용할 것이다.

태령은 작은 단추 크기의 금덩이를 현금화할 생각을 했다.

"일단 금은방에 찾아가 봐야 하는 건가?"

금은방을 찾아가기로 결정한 태령은 여전한 면티, 면바지 차림으로 밖으로 나갔다.

주변의 시선을 전혀 신경 쓰지 않은 모습이었지만 태령의 외모는 여자들의 시선을 받기에 충분했다.

허름한 차림에 검은색에 하얀선이 그어진 슬리퍼를 질질 끌며 밖으로 나간 태령은 일단 금은방을 찾기 위해 주변을 돌아다녔다.

여름의 더운 날씨에도 불구하고 대로변을 내리쬐는 햇빛을 받으며 걸어다니는 사람들이 꽤나 많았다.

낙서장과 다이어리의 기록으로 태령은 지금이 한창 여름방학 중임을 알고 있었다. 돌아다니는 사람들 중에는 학생으로 보이는 이들도 제법 있었다. 아직 20일 정도 방학이 남았으니 신나게 놀러 다니는 중일 것이다.

그런 사람들을 지나쳐서 태령은 뜨거운 거리를 금은방을 찾아 헤매고 다녔다. 뙤약볕에 땀을 뻘뻘 흘리는 행인들 사이에서 전혀 아랑곳하지 않는 말끔한 모습의 태령이 제법 이질적이었으나 그도, 행인들도 별로 신경 쓰지 않았다.

한참 헤맨 끝에 태령은 드디어 금은방을 찾아냈다.

꽤나 큰 크기의 금은방이었기에 태령은 좀 더 큰 금덩이를 가지고 올 것을 그랬나 하는 생각이 들었다.

순금이었기에 지금 가지고 온 단추 크기의 금덩이도 꽤나 돈이 많이 나갈 것이다. 만약에 조약돌 크기의 금덩이를 가져 왔다면 아마 금은방 주인으로서는 수지맞는 기분이었을 것이 다.

물론 태령이 요즘 급격히 상승 중인 금값에 대해서 잘 아는 편이 아니었기에 이런 생각을 하는 것이지만 말이다.

"안녕하세요."

문을 열고 들어서자 빵빵한 에어컨의 찬바람이 태령의 덥 혀진 몸을 식혀주었다.

애초에 평범한 인간과는 거리가 먼 태령이었기에 더운지 도 잘 몰랐지만 갑자기 달라지는 공기에 확실히 밖이 더운 날 씨였다는 것을 알았다.

하지만 두 시간 동안의 헤매임 끝에 도착한 금은방이었기 에 태령은 서둘러 금을 팔아버리고 다시 고시원을 돌아가고 싶은 마음이 간절했다.

아니, 그전에 옷들을 좀 사야 할 것 같았다.

워낙에 평소에 좋은 옷들만 입다 보니 편하긴 해도 이렇게 늘어진 옷이 조금은 부끄러웠던 것이다.

"아이고, 어서 오십시오!"

태령의 인기척에 금은방 주인이 가게 안쪽에서 나왔다. 태령은 주변에 진열되어 있는 반짝이는 보석들과 시계 등을 보다가 고개를 돌렸다.

완벽히 차려입은 옷차림. 한 치의 구겨짐도 없는 옷깃. 굉장히 깐깐해 보이는 외양에서 태령은 주인장의 성격을 한 눈에 파악할 수 있었다.

'전형적인 원리원칙에 지배된 사람.'

그리고 그것은 사실이었다.

금테의 동그란 안경 너머로 태령을 바라본 금은방 주인의 미간이 찡그려졌다.

빤 지 오래 되어 보이는 면티와 무릎이 나온 추리닝.

얼굴만 곱상하게 생긴 녀석.

개인적으로 그가 굉장히 싫어하는 타입이다.

척 보아도 전형적인 백수에 한량이 아닌가?

'쯧쯧쯧. 집에서 놀면서 부모님 금시계라도 주워 나왔나 보군. 한심하기 그지없어.'

자신을 바라보는 주인장의 눈빛에 태령은 살짝 화가 나려고 했지만 참아야 했다.

감히 자신을 한심하게 바라보는 것에 대해서 화를 내보았자 자신만 손해라는 것을 너무나 잘 알기 때문이다.

"자, 여기 이거 팔려고 왔습니다."

주머니에서 작은 단추 크기의 금덩이를 꺼낸 태령은 일단 주인장 앞의 진열대 위에 올려두었다.

주인장은 깜짝 놀랐다.

가공이 되어 보이지는 않았지만 금은방만 40년을 한 자신의 눈을 속일 수는 없다.

완벽한 순금으로 이루어진 그리고 완벽한 가공을 거친 극상의 금덩이다.

저 정도면 정가의 가격에서 반 정도를 더 받을 수 있는 품질의 금인 것이다.

"호오? 순금이 아닌가?"

주인장은 진열대에 올려진 금을 주워서 무게를 가늠해 보았다.

대략 20그램 정도.

금과 보석에 대해서 달인의 경지를 개척한 주인장에게는 너무나 쉬운 일이었다.

태령은 금덩이를 바라보는 주인장의 모습에서 어느 한 마족을 투영시켰다.

자신의 휘하 마족 중에서 금이나 재물에 가장 큰 관심을 보였던 마족이었다.

그런 탓에 계산적인 부분에서 탁월한 능력을 발휘하였고 태령이 전쟁이 일어날 때마다 데리고 다니면서 재정을 맡기고는 했던 것이다.

주인장의 지금 눈빛과 행동은 태령이 죽인 천족들의 품과
왕궁에서 나온 황금들을 그 마족이 정리할 때의 표정이었다.
"대단한 극상품의 황금이구만! 보나마나 20그램이겠지만
그래도 무게를 재야겠지?"
역시 원리원칙.
태령은 자신의 눈이 틀리지 않았다는 사실에 풋 웃으면서
주인장을 따라 무게를 재는 전자저울로 향했다.
전자저울 또한 현대의 기술을 새삼 느끼게 하는 물건이었
다.
주인장이 저울 위에 금덩이를 올려놓았다. 초록색의 글자
가 무게를 알려주었다.
20그램.
거의 기계적인 감각이라고 해도 과언이 아닐 정도의 감각
이었다.
"내가 특별히 조금 더 쳐주고 사도록 하겠네. 이런 극상의
금은 굉장히 드문 것이니까 말이야."
주인장은 냉정해 보이는 눈매에 흥분을 가득히 담고 태령
을 바라보았다.
지금부터 가격 흥정에 들어가려는 것이다.
그러다가 금은방 주인은 잠깐이라는 소리와 함께 태령을
의심쩍게 바라보았다.

'지금 보니까 너무 어리게 생겼는데? 혹시 성인이 아닌 거 아니야?'

주인은 아기 피부처럼 하얗고 뽀얀 태령의 피부를 주시하며 그가 혹시 고등학생이 아닌가 했다.

그 사실은 물론 적중했다.

"자네 주민등록증이 있겠지?"

"네?"

태령은 깜짝 놀랐다.

아니, 애초에 금을 처리할 때 주민등록증이 필요할 것이라고는 생각도 못했다.

고등학교 2학년이면 거의 대부분 주민등록증이 있겠지만, 태령의 생일은 12월 말일이다.

아마 6개월은 더 있어야 주민등록증을 받을 수가 있을 것이다.

"없는데요?"

당황한 태령은 일단 없다고 말을 했다.

"혹시 주민등록증이 없으면 금을 거래하지 못하나요?"

"척 보아 하니 고등학생인 것 같은데 주민등록증이 있어도 성인이 아니면 보호자와 동행을 해야 한다네!"

깐깐하기 그지없는 말투.

눈가에 어린 흥분은 금세 사라졌고 이내 차가운 이성만이 남아 있는 금은방 주인이었다.

하마터면 큰일을 치를 뻔한 금은방 주인이었다.

원래 금 매입은 성인이 아니면 안 된다. 성인이라도 신상정보와 연락처가 꼭 필요하다. 그 규칙을 무시하면 법적으로 아주 큰 문제가 될 수도 있다.

'큰일 날 뻔 했네. 오랜만에 보는 극상의 금이라 좀 아깝기는 하지만 규칙을 어길 수는 없지.'

"부모님이나 보호자를 데려와야 금을 거래할 수 있단다."

금은방 주인은 손에 느껴지는 감촉을 내려놓기 싫었지만 지금은 감정보다 이성이 앞서고 있었다.

부들부들 떨리는 손이었지만 말이다.

그런 모습을 본 태령은 두 시간 동안 찾아 헤맨 금은방에서 이렇게까지 거부한다면 어쩔 수 없겠다는 생각에 태연하게 받아들였다.

별수 없지 않은가? 원칙이 그렇다면.

물론 태령이 무력으로든 어떤 방법으로든 억지를 부리면 해결은 될 것이다. 하지만 조용히 살려면 그래서는 안 된다.

태령은 결국 금은방을 다시 나와야 했다.

잠시 거리를 거닐면서 태령은 손 안의 금을 내려다보았다.

'그래도 이걸 처리해야 고시원비랑 생활비를 마련할 수 있어.'

금을 팔려면 성인이 함께 대동해야 한다. 태령에게는 방법이 하나뿐이었다.

아무래도 고시원 할아버지께 도움을 구해봐야 할 것 같았다.

일단 결정을 내리고 태령은 거침없이 고시원으로 향했다.

헤맸던 시간이 두 시간이었지, 다시 고시원으로 돌아가는 시간은 얼마 걸리지 않았다.

대략 30분 정도를 천천히 걷자 고시원에 도착했다.

엘리베이터에서 내린 태령은 고시원의 입구에서 서성였다.

일단 금덩이를 어디서 얻었는지에 대한 변명을 생각해 내야 했기 때문이다.

그렇게 십여 분을 고민하던 태령은 변명거리를 결정했는지 자리에서 일어났다.

일단 총무실로 향하는 태령.

똑똑똑.

곧이어 창문이 열렸다.

어제와 같은 민소매티와 늘어진 반바지를 입은 약간 부스스한 모습의 할아버지가 나타났다. 어떻게 이야기를 꺼내야 할지 막막했던 태령이 고민하는 사이 할아버지가 먼저 말했다.

“뭐 할 말이라도 있니?”

거짓말을 해야 하는 태령은 정말 죄송한 마음뿐이었지만 그래도 어쩔 수가 없었다.

자신이 마계에서 서둘러 오느라 휘하의 부하가 찔러 넣어 준 금덩이라고 어떻게 말을 한단 말인가?

“제가 저번에 일하러 갔었을 때 누가 떨어뜨린 것을 주웠어요. 누군지는 모르고 그냥 길바닥에 떨어져 있길래 주워왔었는데 돈이 급하게 필요해서 팔려구요.”

태령은 주머니에서 금을 꺼내 보였다. 고시원 할아버지는 태령의 급조한 거짓말에 미간이 약간이나마 좁혀졌다.

“이걸 주웠단 말이지?”

태령은 고시원 할아버지의 미간이 조금 좁혀지자 더 둘러 대야 할 것 같은 느낌이 들었다.

“길바닥에 두 개가 떨어져 있었는데 그때 같이 있던 아저씨와 나누어 가졌었어요.”

고시원 할아버지는 가만히 금을 내려다보았다. 태령이 물론 거짓말을 하고 있다는 것은 이미 알아챘다. 그렇지만 손주 같은 이 아이가 남의 물건을 도둑질하거나 할 아이는 아님을 그는 알고 있었다.

태령의 성격을 너무나 잘 알기 때문이었다.

물론 그 금덩이에 대해서 탐욕이 일지도 않았다.

태령이 얼마나 힘들게 살고 있는지 아는 할아버지는 그 금덩이가 하늘이 내려준 선물이라고 생각하기로 했다.

"알았다. 돈이 정 필요하다면 도와주도록 하마."

그렇게 할아버지는 흔쾌히 승낙을 하여 태령을 따라 나섰다.

태령은 할아버지를 대동하여 다시 그 금은방을 찾았다. 주인은 할아버지가 보증을 하자 큰 거부 없이 금을 사주었다.

현금으로는 50만 원을 받았고 통장으로 130만 원이 입금되었다.

오랜만에 극상품의 금을 구매하게 된 주인이 현금으로 지불하려 했지만, 당장 필요한 돈 이외의 것은 통장으로 넣어달라고 태령이 부탁했기 때문이다.

그렇게 금은방에서 나온 태령은 나오자마자 고시원 할아버지에게 그 자리에서 흰 봉투를 건넸다.

"여기 저번 달 고시원비까지 50만 원이요."

"고시원으로 안 돌아가니?"

길거리에서 고시원비를 주는 태령의 모습에 약간은 의아한 할아버지였다.

태령은 늘어진 면티를 고시원 할아버지에게 보여주면서 피식 웃었다.

"너무 옷이 늘어나서 새로 사야 할 것 같아서요. 먼저 들어

가세요. 옷 좀 사고 들어갈게요.”

그렇게 고시원 할아버지가 돌아가고 태령은 남은 130만 원을 들고 본격적인 쇼핑을 시작했다.

여전히 자세한 것들이 기억나지는 않았기에 어떻게 쇼핑을 해야 할지 막막했다.

“80년 만의 쇼핑이라니……. 익숙하면 그게 이상하겠네.”

이곳에 있을 때도 쇼핑이라는 것을 전혀 하지 않았던 자신이었기에 태령은 더욱 난감해졌다.

어떤 방식으로 해야 하는지 뭘 사야 하는 건지도 가물가물했다.

마계에서는 알아서 자신의 몸과 이미지에 맞춰서 장인들이 옷을 가져다 바치니, 그저 예물로 들어온 옷들 중에 아무것이나 골라 입는 게 다였기에 더욱 난감해졌다.

“그래도 일단은 옷을 사긴 사야지. 이 옷은 정말 입기에 너무하니까.”

늘어진 티와 헐렁한 바지가 편하긴 하지만 항상 멋스러운 옷들만 입던 태령이었기에 적응이 안 되는 것도 사실이었다.

일단은 주변의 거리를 잘 모르니 태령은 눈에 띄는 상점으로 들어가기로 마음을 먹었고, 이내 얼마 안 가 즐비하게 늘어선 옷가게들을 발견할 수가 있었다.

그중에서도 가장 세일을 많이 하는 옷가게로 들어선 태령은 외출복과 고시원 내에서 생활할 때 입을 간편한 티와 바지들을 고르기 시작했다.

쇼핑하는 중에는 다른 사람들을 보면서 따라했다. 옷을 고르고, 거울에 대어보고, 피팅룸에 들어가서 옷을 갈아입고 나오고, 그러는 와중에 어느새 익숙하게 그 행동들을 하고 있었다.

'마치 걸음마 배우는 아기 같군.'

자신의 모습이 어색해서 태령이 빙긋이 웃기도 했다.

그런 그는 모르고 있었지만, 그가 사람들을 의식하는 것처럼 사람들도 그를 의식하고 있었다.

남자들은 모델과 같은 태령의 모습에 부러움을 표했고, 가게의 여직원들은 태령의 샤프한 이미지에 더욱 반했다.

시간이 지나자 그 시선이 점점 더 늘어났다. 순식간에 몰리는 시선에 태령은 일단 얼른 옷들을 계산하고 나왔다.

"후우……. 너무 급하게 나온 건가?"

그렇게 가게 안에서 직원들이 추천했던 옷들을 바리바리 사들고 나온 태령은 한숨이 깊어졌다.

벌써 130만 원에서 90만 원 가까이 남았다.

눈 깜짝할 새에 40만 원이라는 돈이 날아간 것이다.

'아껴 써야겠어……. 일단은 아르바이트를 해야겠다.'

고시원으로 들어온 태령은 고시원 할아버지의 놀람을 뒤

로 하고 방으로 들어왔다. 한 시간도 안 되어서 멋스럽게 빼입은 태령의 모습에 놀랐던 것이다.

태령은 그런 모습을 뒤로하고 일단은 침대에 걸터앉아 아르바이트를 위한 골머리를 싸매기 시작했다.

"도저히 생각이 안 나. 아무래도 전에 일했던 편의점에 가봐야 하는 걸까?"

마땅한 아르바이트가 떠오르지 않자 태령은 자신이 마계로 넘어가기 전에 그만두었던 편의점에 가볼 생각까지 하게 되었다.

지인도 없고 인터넷도 사용하는 법을 대부분 까먹었다.

그렇다고 아르바이트 구인광고를 보고 전화를 할 핸드폰도 없다.

그전에는 핸드폰의 필요성을 느끼지 않았지만 지금은 더없이 필요해진 태령이었다.

"정말 핸드폰이란 게 이렇게 필요할 줄은 몰랐는데……."

차라리 핸드폰이라도 있다면 구인광고를 보고 전화라도 할 테니까 말이다.

하지만 그럴 수도 없으니 더욱 급해지는 것이었다.

마계의 생활에 익숙해져 버린 태령이 극복해야 하는 문화적인 차이였다.

핸드폰 대신에 마력통신구에 익숙한 태령이다.

자동차보다 텔레포트에 익숙하고, 비행기보다 직접 힘을 개방해서 날아가는 것이 편하다.

텔레비전보다 자신의 앞에서 웃긴 짓들을 하며 웃음을 유발하던 광대들이 더욱 익숙한 태령이었기에 더욱 이런 현실에 적응하기가 힘들었다.

'하지만 그렇다고 계속 이렇게 적응 못하고 있을 수는 없지……. 마계로 돌아가기 전에는 이곳에서 100년이든 500년이든 살아야 할 테니까.'

"그것보다 정말 핸드폰이 필요하다구!"

끼익.

"핸드폰이라면 내가 좀 도와줄 수가 있단다."

너무 고심하던 나머지 고시원 할아버지가 오는 줄도 몰랐다.

갑작스런 고시원 할아버지의 등장에 깜짝 놀란 태령을 보던 할아버지는 푸근한 미소를 지었다.

아까 갑자기 옷들을 잔뜩 사 들어오는 모습에 돈을 너무 많이 쓴 건 아닌지 걱정이 돼서 들어오려는데, 핸드폰이 필요하다고 중얼거리는 태령의 말소리가 들렸다.

평소에도 태령이 핸드폰이 없어서 총무실에 있는 전화기로 친구들과 연락하던 모습이 딱하던 참이었다.

핸드폰을 만드는 것은 자신에게 얼마 문제되지 않는다.

　다만 요금 때문에 머뭇거리기는 했지만, 태령이라는 아이가 누군가에게 기대기만 하는 성격이 아니라는 것을 잘 알기에 핸드폰 개통을 도와주려고 마음을 먹게 된 것이다.

　"엇? 할아버지……."

　"핸드폰이 필요하면 내가 도와주마. 대신 요금은 네가 내야 하는 거 알고 있지?"

　찡긋.

　눈가를 찡긋하시면서 장난스레 말하는 고시원 할아버지의 모습에 태령은 자기도 모르게 웃음을 짓고 말았다.

　"그럼요!"

Chapter
03
돈을 벌자!

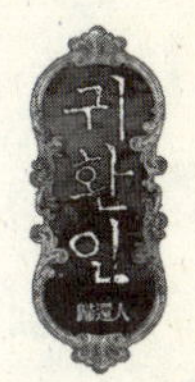

　고시원 할아버지의 도움으로 태령은 결국 핸드폰을 새로 개통했다.

　할아버지의 명의로 개통을 했지만 핸드폰을 쓰는 것은 태령이기에 요금은 태령이 내기로 했다.

　아직 통장에 90만 원 정도가 남았기에 조금은 여유가 있다.

　그리고 대략 20일 정도 남은 방학 동안에 새로운 아르바이트를 찾고, 아르바이트를 하면서 돈을 조금씩 모아두면 고등학교를 졸업하기까지 충분히 여유롭게 살 수 있을 듯했다.

“흐음… 구인광고를 보고 지원한 곳에서는 왜 전화가 안 오지?”

태령은 어제 핸드폰을 개통하자마자 신문에서 본 구인광고마다 전화를 했지만 결국 오는 곳은 한 군데도 없었다.

이유는 간단했다.

“아직 성인이 아니시면 힘드세요.”

“군필자 우대라서요.”

“학교 다니시면서 하기는 좀 그러실 텐데…….”

대부분의 사람들이 한 반응들이다.

“모두 퇴짜인가?”

태령은 뜻밖의 난관에 막히자 중얼거리며 핸드폰을 주머니에 찔러넣었다.

어젯밤에도 이런저런 생각을 하느라 제대로 잠을 자지 못했다.

“확실히 적응이 힘들다. 모든 게 너무 낯설어.”

솔직히 태령이 여태 보고 느낀 현대의 문물들은 대부분이 마계에서 접해보지 못했던 것들이었다.

80년 전 평범한 인간이었을 때의 기억은 이미 잊힌 지 오래였다.

인생의 대부분을 마계에서 보낸 태령이 이곳에 순식간에 적응하기란 쉽지 않을 것이다.

태령은 주머니에서 핸드폰을 꺼내어 바라보았다.

여전히 부재중 전화나 문자는 한 통도 와 있지 않다.

그런 상황에 또 다시 한숨이 터져 나오려 했다.

그러다가 문득 어제의 일이 생각났다.

자신의 중얼거림을 듣고 도와준 고시원 할아버지의 마음 씀씀이가 새삼 느껴진 것이다.

아무 말도 없이 다가와서 항상 도움만 주시는 할아버지의 고마움.

한 번도 가족이라는 것을 가져 본 적이 없었던 태령이었기에 고시원 할아버지의 존재에 대해 더욱 감사했다.

그렇게 핸드폰을 바라보며 상념에 잠겨 있을 때 갑자기 핸드폰이 울렸다.

위이잉—

손 안에서 울리는 진동에 깜짝 놀란 태령은 핸드폰을 떨어뜨렸지만 침대 위인지라 부서지지는 않았다.

"깜짝 놀랐네!"

역시 아직까지 적응이 힘들다.

핸드폰을 주워 들자 태령은 액정에 익숙한 이름이 나타난 것을 보았다.

지선.

어제 핸드폰을 개통하자마자 태령은 친구 세 명의 번호를

모두 저장했다. 고시원 할아버지의 핸드폰 번호도 저장을 했
다.

그렇게 핸드폰에 저장된 번호는 딱 네 개뿐이지만 태령은
더 이상 필요하지 않았다.

어차피 다른 사람들은 잘 알지도 못한다.

"여보세요?"

"어, 태령아! 어제 문자가 와 있는 거 보고 너인 줄 알았는
데 드디어 핸드폰을 샀구나!"

지선의 번호로 전화가 왔지만 정작 전화를 건 사람은 유하
였다.

"어제 고시원 할아버지께서 개통해 주셨어."

아주 오랜만에 듣는 친구의 목소리에 태령은 얼굴에 미소
가 만연해졌다.

"진짜? 대박이다! 너 고시원 할아버지한테 효도해야겠네!"

유하의 말에 태령은 웃음이 피식 나왔다.

친구들도 고시원 할아버지가 태령에게 얼마나 많은 도움
을 주는 분인지 잘 알기에 하는 말이었다.

항상 반찬이나 필요한 학용품 같은 것들을 챙겨 주는 모습
을 친구들이 자주 보았던 것이다.

"당연하지! 그나저나 오늘 보고 싶은데 학교 언제 끝나?"

태령은 아무렇지도 않게 말을 꺼냈지만 속으로는 정말 떨

고 있었다.

자신이 이곳으로 넘어오게 된 이유이자 동기.

자신의 유일한 친구들.

마음속 깊은 곳까지 공유할 수 있는 자신의 친구들.

외톨이에 조용하고 내성적인 성격을 지녔던 자신을 위해서 친구가 되어준 녀석들.

지금 생각해 보면 바보라고 해도 과언이 아닌 녀석들이다.

생판 처음 보는 또래의 아이를 위해 일진들과 주먹다툼을 하던 모습은 정말 바보였다.

하지만 그만큼 태령에게는 너무나 고마운 녀석들이었다.

만약에 친구들이 없었다면 마계로 넘어가서 앞이 보이지 않는 미래에 자살을 하고 말았을 것이다.

한 발을 내딛을 때마다 증폭하는 살기와 마수들의 광기.

핏빛 비가 내리는 하늘, 검은 번개가 내려치는 지옥과 같은 그곳에서 살아남고자 했던 이유도, 고통스럽고 괴로워도 베히모스와의 정신력 전쟁에서 살아남으려 기를 쓴 이유도 바로 친구들 때문이었다.

생애 처음 느껴본 감정.

가족들이 눈을 뜨기 전부터 주었어야 할 감정을 비슷하게나마 친구들에게서 얻었다.

그런 감정을 잊을 수도 포기할 수도 없었기에 악착같이 살아남았고 80년의 세월을 격하고 지금 이 순간 친구들과 대화를 하고 있는 것이다.

아직 얼굴을 마주하고 만난 것은 아니었지만 이렇게나마라도 대화를 한다는 것이 얼마나 고마운지 태령은 손이 작게나마 떨리는 것을 느꼈다.

"우리야 항상 저녁 여섯 시는 되어야 끝나지. 그런데 너 아르바이트한다고 지방간다더니 잘 됐었나 보다?"

"아르바이트 못하고 그냥 와버렸다. 사정이 있다는데 어쩔 수 없지 뭐. 내가 너희 끝날 때쯤에 학교 근처로 갈게! 그때 보자."

"오케이! 야, 자꾸 지선이가 째려본다. 지 핸드폰 닳는 것도 아니고 왜 저런다냐?"

"야! 알 닳잖아!"

역시 넉살이 좋은 유하다.

그의 말에 태령은 피식 웃음을 지었다.

떨리던 손이 멈추었다.

자신이 기억하던 그대로의 친구 녀석.

태령에게 80년이란 시간일지도 모르지만 친구들에게는 평소와 같은 10일의 시간이었을 뿐이기에 당연할지도 모른다.

하지만 태령은 그런 사실을 알고 있으면서도 변하지 않고 세상에 존재하고 있는 친구들이 지금 이 순간 너무나 고마웠다.

"이만 끊어야겠다. 점심 시간도 다 끝나가네. 지선이 눈에서 빔이 나오려고 한다. 그럼 이따가 학교 끝나면 문자할게!"

유쾌하지만 태령에게는 감동의 물결이었던 유하와의 통화가 끝났다. 핸드폰을 귀에서 뗀 태령은 축축이 젖은 손을 보고 자신이 얼마나 긴장했는지 알았다.

슥슥 문질러서 손에 배인 땀을 닦아낸 태령은 일단 친구들을 만나러 가기 전에 일했던 편의점에 들를 생각으로 침대에서 일어났다.

"가보는 게 좋겠지."

잊고 있었던 것들이 기억이 난 탓이다.

예전에 일을 하고 아직 받지 않은 월급이 있다. 그리고 문득문득 떠오른 기억으론 편의점 점장의 친구가 자신에게 아르바이트 해볼 생각이 없냐고 물었던 적도 있었다.

항상 맡은 일을 열심히 꾀부리지 않고 하는 모습에 점장이 친구에게 그렇게 자랑을 했었던 것이다.

친구도 그런 태령의 모습을 자주 봤었기에 제안을 한 것이다.

"무슨 아르바이트였더라? 너무 오래 돼서 기억이 가물가물하네."

긁적긁적.

뒷머리를 긁적이던 태령은 자신에게는 수십 년 전의 일인
지라 도무지 상세하게 기억이 나지 않는 것을 짜증스러워했
다.

하지만 애초에 보통 사람이 수십 년 전의 일을 하나도 기억
하지 못하는 것에 비하면 태령의 기억력은 그래도 대단한 것
이다.

친구들의 특징은 물론이고 이곳에 온 뒤로 계속해서 이것
저것 기억을 해내고 있는 상황이다.

그런 태령의 기억력은 충분히 대단했다.

"암튼 일단 나가봐야겠네. 이곳으로 와서 꽤 바쁘다."

이곳에 와서 평범하게 학교를 다니거나 일을 하는 게 쉬울
것이라 생각했던 태령은 은근히 이곳저곳 돌아다니면서 적응
하는 것이 꽤나 귀찮았다.

이곳저곳 돌아다닐 때마다 골머리를 싸매고 기억을 떠올
리는 것이 짜증스러웠기에 태령은 잔뜩 인상을 찡그리고는
자리에서 일어났다.

"또 편의점이 어딨는지 기억해 내야 할 것 아니야. 그냥 가
지 말까?"

순간적으로 떠오른 사실.

편의점에서 일한 것은 기억이 나는데 위치까지는 모르겠
다.

귀찮음에 확 가지 말아버리고 돈을 포기할까 했지만, 결국 일어나긴 해야 했다. 귀찮음보다는 돈을 모아야 한다는 필요성이 훨씬 강하니까.

"읏차!"

침대에서 일어서자 몸을 움직일 공간도 안 남는 고시원의 방 안.

좁디좁은 방 안이었지만 태령은 용케 어제 사둔 옷들을 쇼핑백에서 꺼내어 아무것이나 꺼냈다.

무심코 꺼낸 옷은 검은색의 슬림 청바지에 검은 브이넥이었다.

웃통을 벗자 훤히 드러나는 잔근육들.

환상적인 몸매를 지닌 태령의 몸은 뭇 여자들이 본다면 쏟아지는 코피를 다급히 손으로 막고 엄지손가락을 치켜들 정도로 훌륭했다.

배에 자리 잡은 여덟 개의 팩들과 화려한 옆구리의 근육들.

그리고 얇지만 충분히 두꺼운 가슴근육.

태령의 팔이 움직이고 몸이 움직일 때마다 격동하는 태령의 잔근육들은 하나하나 섬세한 그림처럼 느껴질 정도였다.

바지마저 갈아입은 태령은 어제 산 운동화를 신으며 고시원 할아버지에게 인사를 했다.

"저 잠깐 나갔다 올게요."

“너무 늦게까지 돌아다니지 말고, 일찍 들어와.”

누가 봐도 친할아버지와 친손자의 대화다.

고시원 할아버지의 말에 태령은 푸근해진 마음을 안고 엘리베이터에 올라탔다.

*　　*　　*

“도대체 어디였지?”

태령은 지금 어디인지도 모르는 거리에서 주변을 둘러보며 지끈거리는 관자놀이를 손가락으로 문질렀다.

벌써 세 시간이 넘는 시간 동안 헤매고 있다.

세 시간이면 이 동네를 충분히 다 헤매고도 남는 시간이었지만 골목에서 다른 골목으로 계속해서 이어지는 미궁 같은 구조의 동네에 질려 버린 태령이었다.

“이 동네가 이렇게 복잡한 구조였던가?”

과거에는 그렇게 심하게 복잡하다고 느껴본 적이 없는 동네였거늘 지금은 전혀 그렇지 않다.

골목으로 들어서자 또 다른 골목들이 나타나고 더 나아가면 막힌 골목이다.

그래서 뒤로 돌아보면 이미 자신이 어디서 왔는지 헷갈릴 정도로 복잡하다.

한마디로 길을 잃은 지 오래라는 말이다.

"미치겠다."

생각해 보니 웃긴 일이다.

자신이 지구에서 길을 잃다니……

만약에 듀레인이 이 광경을 본다면 대결할 때마다 미아 공작이라고 놀리면서 시비를 걸 것이다.

눈에 불을 켜고 덤벼들고, 결국 져 놓고도 포기를 모르고 또 덤비던 녀석.

"싸우자, 베르키!"

듀레인의 전용 대사가 귀에 선하다.

이런 대사가 나온 다음에는 한 차례의 타격음이 울리고 듀레인은 땅에 처박힌다.

물론 듀레인이 약한 것은 아니다.

중급 마족으로 태어나 최상급 마족들에 버금가는 마력과 컨트롤 실력을 지닌 선천적 전투의 천재인 마족이다.

단계마다 그 힘의 차이가 천양지차인 마족인 것을 감안해 보면 두 단계를 넘어선 듀레인의 전투 실력은 가히 경악스러운 것이었다.

만약 그가 귀족급의 핏줄을 타고 났다면, 마왕의 권좌의 주인이 바뀌었으리라 생각될 정도였다.

하지만 싸움만을 즐기고 해대는, 어찌 보면 순수한 마족이었기에 태령은 그런 듀레인을 나쁘게만 보지는 않았다.

온갖 술수와 암계가 난무하는 마계에서 듀레인만큼 순수한 마족은 보질 못했다.

유일하게 태령이 마음을 열고 가까이 하던 마족이다.

마계에서 사라지기 전까지 태령이 마지막으로 본 마족도 듀레인인 것을 생각한다면 얼마나 태령이 듀레인을 아끼는지 알 수 있을 것이다.

그만큼 강한 무력이 있기도 했기에 가능했지만 말이다.

전쟁이 일어나서 태령이 출정을 하면 그의 오른쪽에는 듀레인이 서 있었으니까 말이다.

"오랜만에 녀석이 생각나니까 좋네."

유일하게 마계에서 가까이 했던 마족이다 보니 꽤나 그리워지기도 했다.

그러고 보면 듀레인은 흑마법도 능수능란하게 사용했었다.

그렇기에 흑마법을 사용하지 못하는 태령은 듀레인이 있어서 편한 점도 많이 있었다.

새삼 듀레인의 빈자리가 느껴진 태령이다.

"어쩔 수 없지…… . 그나저나 그 녀석, 내가 없으니 새로운 마공작이 됐겠지?"

확실히 마계의 오대 마공작에 어울리는 강함을 지닌 녀석
이다.

그렇게 상념에 잠겨 있던 태령은 자신이 길을 잃었다는 사
실을 다시 떠올렸다.

"아! 맞다. 얼른 길을 찾아야지."

주변에서 바삐 걸어가는 사람들을 보고는 시간이 많이 지
났음을 깨달았다.

아까 유하에게서 전화가 왔던 것이 오후 1시쯤이었다.

아마 점심시간이 끝나기 전에 짬을 내서 전화를 한 것이겠
지.

핸드폰을 꺼내서 지금 시간을 확인해 보니 4시쯤 다 되어
간다.

기억으로는 친구들이 학교가 끝나고 나오는 시간이 6시 정
도였으니까 서둘러 편의점을 찾아야 했다.

지금 간간히 교복을 입은 학생들이 집으로 가는 모습들이
보이기에 태령은 조금 조급해졌다.

'어쩔 수 없지!'

태령은 결국 길을 물어보기로 했다.

기억으론 이 동네에서 가장 큰 편의점이었기에 다른 사람
들은 알고 있을 것이라 생각한 것이다.

처음부터 사람들에게 물어봤으면 금방 찾아갔을 테지만, 첫날 길을 물어보려는 자신을 피한 아저씨의 일도 있어서 쉽게 그러지 못했다. 하지만 이제는 시간이 시간인지라 어쩔 수 없었다.

저번의 경험도 있으니 남학생에게 물어보기로 했다.

아무래도 자신의 나이가 100살에 가까운 나이다 보니 겉모습은 또래의 학생이라고 해도 어리게 보는 경향이 있었기에 학생을 쉽게 본 태령이다.

"저기 길 좀 물어볼 수 있을까?"

마침 지나가면서 영어단어장을 보는 학생에게 말을 걸어 보았다.

하지만 듣지 못했는지 그냥 지나쳐 버리는 남학생.

자세히 보니 귀에 무언가가 꽂혀 있다. 예민한 태령의 귀에 그것에서 흘러나오는 노랫소리가 들렸다.

"저기!"

약간 미간이 찡그려진 태령이 조금 크게 남학생을 불렀다. 남학생은 짜증이 가득한 표정으로 영어단어장에서 시선을 돌리며 대답했다.

"저 바쁘거든요?"

어이가 없는 태령이다.

손자뻘인 녀석이 싸가지가 없어도 너무 없다.

겉으로는 내색하지 않고 태령은 말을 이었다.

"미안한데 길 좀 물어볼 수 없을까?"

웬만하면 분쟁을 일으키고 싶지 않았기에 태령은 약간은 꿈틀하는 눈꼬리를 애써 참으며 웃어 보였다.

그런 태령의 모습에 남학생은 눈치도 없이 또 다시 짜증을 냈다.

"아뇨, 시간없다구요. 저 학원 가야 하거든요? 제 성적 떨어지면 책임지실래요? 진짜 짜증나게 하네."

남학생의 태도에 태령은 순간적으로 조금이지만 마력이 출렁임을 느꼈다.

그 누가 태령에게 이런 태도를 보인단 말인가?

마계에서 최고의 권좌에 가장 근접했었기에 아직도 약간은 인간을 우습게 보고 하찮게 여기는 습관이 남아 있는 태령이었다. 지금 이 순간 마계에서의 습관이 나타난 것이다.

시종일관 재수없고 천상천하 유아독존 급의 싸가지를 지닌 남학생의 태도에 태령은 조금 화가 나버렸다.

순간적으로 황금색으로 물들어가는 태령의 두 눈동자.

그리고 그 속에서 폭풍처럼 휘몰아치는 살기와 광기의 소용돌이는 그 남학생의 정신력에 큰 타격을 주었다.

"흐익!"

마치 누군가 망치로 뒤통수를 크게 후려친 것처럼 강한 충격을 받은 남학생은 손에 들고 있던 영어단어장을 땅에 떨어뜨리고 말았다.

태령의 눈동자에서 여실히 드러난 살기에 남학생은 심리적 근원에서 조금씩 피어오르는 공포심에 다리가 부들부들 떨리는 것을 느꼈다.

'너무 심했군.'

태령이 다시 마력을 정리하고 살기와 광기로 휘몰아치는 황금빛 눈동자를 가라앉혔다. 다시 검은 눈동자가 되었지만 남학생은 여전히 온몸을 부들부들 떨었다.

"잠깐 저쪽으로 가자."

태령은 심각한 정신적 공황상태를 보여주는 남학생을 데리고 빌라의 주차장으로 들어갔다.

다행히 그 모습을 보던 사람들은 자리를 떴기에 태령이 그 남학생을 지하 주차장으로 데리고 들어가는 모습을 본 사람은 없었다.

지하 주차장으로 들어선 태령은 주변에 인기척도, CCTV도 없는 것을 확인했다.

아무래도 남들이 보기에는 태령의 행동이 질 나쁜 학생의 행동으로밖에 보이지 않을 테니까 말이다.

"너무 겁에 질리지 말고. 나는 편의점의 위치가 궁금했던 것뿐이니까 말이야. 네 행동이 너무 짜증나서 나도 모르게 한 것이니 겁먹지는 마.”

나름대로 화를 내리누르면서 다정하게 한 말이었지만 남학생의 시선에는 그런 것이 아니었나 보다.

잔뜩 겁을 먹은 채 여전히 후들거리는 다리로 간신히 서서 태령의 시선을 피하고 있는 남학생.

“죄, 죄송합니다”

누가 봐도 태령이 돈을 뺏기 위해 겁을 주는 장면이다.

그런 사실에 조금씩 짜증이 이는 중이었지만 태령은 속으로 삼키며 관자놀이를 손으로 꾹꾹 눌렀다.

태령은 잔뜩 겁을 먹은 녀석의 어깨에 손을 올리며 될 대로 되라는 기분으로 황금안 제어를 포기했다.

어차피 자신의 권능이 새겨진 황금안을 본 이상 심연에서 스멀스멀 올라오는 공포와 정신적인 충격을 쉽게 회복할 수는 없을 것이다.

아마 일주일 정도는 악몽을 꾸면서 괴로워할 것이다.

“짜증나네. 어쩔 수 없지. 너 OO편의점 알지? 이 동네에서 가장 큰 OO편의점 말이야.”

짜증이 가득한 태령의 말에 남학생의 몸이 흠칫거렸다.

그 모습 또한 태령에게는 짜증이 일게 하는 것이었다.

남학생은 그런 편의점이 어디 있는지 모른다.

하지만 태령의 황금안을 보고 뇌리를 지배한 공포심은 남학생으로 하여금 초인적인 힘을 발휘하게 만들었다.

태어나서 지금 이 순간까지 그가 보고 들은 모든 정보, 그 감춰진 기억들을 뒤져서 편의점의 위치를 찾아낸 것이다.

남학생은 온몸을 바들바들 떨며 몸짓과 손짓까지 동원하여 위치를 간신히 설명했다.

몇 마디 안 되는 설명이었지만 남학생은 온 힘을 짜내었다. 태령은 그 설명을 들으면서 점점 편의점의 위치를 기억해 내었다.

설명이 끝나고 남학생은 마치 서큐버스에게 정력을 모두 뺏긴 남성처럼 축 늘어졌다.

'아무래도 이곳의 인간들에게는 중간계보다 훨씬 큰 효과를 보이는 것 같네.'

확실히 잠깐 드러난 것만으로 이런 상황이라는 것에 조금은 놀란 태령이다.

마계에 있을 때 잡혀오거나 제물로 온 인간들에게 황금안을 보여주었을 때도 이 정도는 아니었다.

아마 그곳은 한창 마계의 노림수로 중간계에서 대대적인 전쟁이 벌어졌기에 사람들의 정신력이 이곳의 평화로운 삶에 찌든 사람들보다 훨씬 높았던 때문일 것이다.

중간계의 인간도 태령의 황금안에 비슷한 반응을 보이긴 했다. 하지만 살기와 광기를 노골적으로 드러내야만 이 정도로 이지가 무너졌었던 것을 생각하면 그런 짐작에 확신이 갔다.

태령은 남학생으로부터 설명을 모두 듣고 편의점이 예상외로 고시원에서 가까운 곳에 있었다는 것을 알았다.

"그럼 이제 가봐. 너한테 더 이상 볼일 없으니까."

남학생은 태령에게 설명하는 몇 분이 마치 지금껏 살아온 인생과 맞먹는 시간처럼 느껴졌다.

그렇게 기진맥진해 있던 남학생은 태령의 말이 들리자마자 서둘러 이곳을 떠나고 싶다는 생각에 뒤도 안 돌아보고 도망쳤다.

철푸덕!

중간에 힘이 풀린 다리 탓에 자빠지기도 했지만 이내 손으로 기듯이 힘없는 다리를 간신히 이끌고 서둘러 도망을 갔다.

"미치겠네……. 아직 마력 컨트롤이 자유롭지 못한데, 사회에 적응하려면 아무래도 마력을 완전히 컨트롤해야겠어."

사납고 광기에 차 있는 마력들이 여전히 부담스러운 태령이다.

남학생이 사라지고 지하 주차장을 나온 태령은 바닥에 떨어져 있는 영어단어장을 발견했다.

아무래도 극도의 공포심에 질려서 도망가다가 영어단어장을 떨어뜨린 사실을 잊어버린 모양이다.

"진짜 조심해야겠네."

단어장을 보니 달려가면서 밟고 지나갔는지 단어장에는 발자국이 선명하게 남아 있었다.

"일단 주워둬야지."

태령은 영어단어장을 길바닥에서 주워 들었다.

앞면에 써져 있는, 방금 도망친 남학생의 학교와 학년, 반, 이름을 보았다.

우형 고등학교 1학년 5반 김형석.

"어라? 같은 고등학교 후배였네?"

왠지 오다가다 많이 마주칠 것 같은 느낌이다.

나중에 만나면 돌려줘야겠다는 생각에 태령은 일단 한 손에 쏙 들어오는 단어장을 주머니에 찔러 넣었다. 그리고 잠깐 주변을 둘러본 뒤 곧장 땅을 박차고 뛰어올라 바로 앞에 있는 건물의 옥상으로 올라갔다.

그 김형석이라는 같은 고등학교의 후배 녀석 때문에 잡아먹은 시간이 5분여가량.

태령은 서둘러 옥상들을 가로지르며 빠르게 이동했다.

물론 혹시 모를 시선과 CCTV를 고려해 은신을 한 상태였다.

은신을 한 태령은 빠르게 고시원을 향해서 달려나갔고, 밑에서 지나다니는 사람들은 태령의 존재를 전혀 눈치채지 못하고 있었다.

세 시간 가까이를 헤맸던 거리를 순식간에 가로질러 고시원의 옥상에 도착한 태령은 사뿐하게 옥상의 난간에 안착했다.

마치 새 한 마리가 내려앉듯이 아무런 소리 없이 말이다.

가히 경악스런 육체적 능력이었다.

마력을 적절히 써가면서 이동한 탓에 눈동자가 다시 황금색으로 물들었지만 마력을 갈무리하자 금세 다시 검은색으로 돌아왔다.

"후우……. 일단 내려가서 편의점에 빨리 가봐야겠네."

서둘러 엘리베이터를 타고 다시 내려가는 태령이었다.

*   *   *

찌르르릉.

편의점의 문이 열리고 한 남자가 들어왔다.

슬림핏의 검은 청바지가 잘 어울리는 길쭉한 다리를 가진 남자였다.

상의도 검은색의 브이넥 면티를 입었는데, 검은색의 일통인 패션테러리스트라고 해도 과언이 아닌 모습을 한 남자였지만 특유의 시크한 페이스와 검은색이 너무나 잘 어울렸다.

남자의 이름은 권태령.

세 시간의 헤맴 끝에 편의점을 찾아 도착한 태령은 약간은 지쳐 있었다.

세 시간 동안 찾아 헤매는 동안 꽤나 짜증이 많이 일었던 것이다.

"어서 오세요"

편의점 안으로 들어서자 밝고 명랑한 목소리가 들렸다.

인사에 태령이 고개를 돌려보니 왠지 눈에 익은 사람이 태령을 바라보고 있었다.

"어라?"

편의점에서 아르바이트를 하는 여자가 태령을 보고 무언가 생각이 났는지 손가락질을 했다.

"안녕하세요."

살짝 당황한 태령이었지만 이내 침착하게 인사를 했다.

아르바이트를 하고 있던 여자는 태령이 며칠 전 고시원을 찾기 위해 길을 물었던 여자였던 것이다.

태령은 자연스레 눈에 많이 익은 익숙한 옷을 보았다.

편의점에서 일을 하면서 거의 매일같이 입었던 빨간색과 초록색이 합쳐진 조끼.

이 편의점의 유니폼이었다.

유니폼에는 이름이 적힌 이름표가 달려 있었는데 그곳에
여자의 이름이 있었다.

권미혜.

"그때 만났던 분 맞으시죠?"

먼저 말을 걸어오는 미혜의 말에 태령은 떨떠름한 표정으
로 고개를 끄덕였다.

다시 만난 것이 조금 꺼려졌기 때문이다.

"반갑네요. 무슨 물건 사러 오셨어요?"

태령이 뻘쭘하게 입구에 서서 뒷머리를 긁적이고만 있자
미혜는 은근히 숙맥이라고 생각하고는 활짝 웃어주었다.

"뭘 사러 온 건 아니고… 점장님 좀 뵐 수 있을까요?"

태령의 말에 미혜는 점장님을 알고 있을 줄은 몰랐다는 표
정을 지었다.

솔직히 아직 이 아르바이트를 한 지 얼마 안 돼서 점장님과
도 친하지 않은 상태였기에 태령이 점장님을 보자고 하자 꽤
놀랐던 것이다.

태령은 그 나름대로 조금씩 귀찮아지기 시작했다.

'어쩐지 오고 싶지가 않더라니…….'

편의점을 찾아 나섰을 때부터 지금가지 귀찮은 일들만 가득했다.

자연스레 태령의 인상이 찡그려졌다.

"아, 점장님은 안쪽에 계신데요."

미혜는 내심 다시 만난 태령이 반가웠지만 전혀 자신에게 신경을 쓰지 않자 조금은 시무룩해졌다.

그만큼 태령이 매력있게 생긴 탓이리라.

태령은 미혜가 말해준 대로 점장실로 들어갔다.

그곳에서 태령은 점장을 만날 수 있었다. 편의점 내에 설치되어 있는 CCTV를 보고 그는 태령이 온 것을 이미 알고 있었다.

점장도 태령이 일을 그만둔 뒤로 거진 10일 만에 보는 것이라 반가움이 앞섰다.

"안녕하세요."

"오냐, 오랜만이구나! 반갑다!"

태령의 인사에 점장은 함박웃음을 지었다.

태령은 조금 음울한 표정의 학생이기는 했지만 철이 일찍 들어서 맡은 일은 정말 척척 해내는 훌륭한 아르바이트생이었다.

주중에는 5일 동안 야간, 주말에는 오후 아르바이트를 했다.

그런 식으로 일주일 내내 아르바이트를 하는 학생이었던 것이다.

한 달에 120만 원이 조금 넘는 돈을 받는 태령이었지만 점장은 그 돈이 전혀 아깝지 않았다.

그만큼 열심히 했고 또 노력했기 때문이었다.

항상 일 시작 시간보다 일찍 나와서 편의점을 청소하기도 하고, 모든 일에 빈틈이 없어서 나중에 교대를 하기 전에 시제를 맞출 때도 변동이 거의 없었다.

그 때문에 다른 편의점에서 태령을 탐내기도 했을 정도면 말 다한 것이다.

안 그래도 새로 들어온 아르바이트생의 귀여운 외모를 믿고 뽑았는데 매번 시제도 엉망이고 일을 하는 게 문제가 많아서 골치를 썩는 중에 태령이 와주자 더욱 반가웠다.

태령이 나가고 나서 새로운 아르바이트생 덕에 태령의 존재감을 더욱 여실히 느낀 점장이었다.

"무슨 일로 온 거야?"

태령의 손을 잡으며 반가움을 확연히 표시하는 점장의 모습에 태령은 이 역시 적응이 안 되어 당황하기는 했지만 그래도 겉으로는 내색하지 않았다.

"인사도 드릴 겸, 부탁드릴 것도 있고 해서요."

태령은 이곳으로 오면서 준비한 대사들을 하기 시작했다.

편의점에서 일했던 기억들이 생생하게 떠오르면서 태령은 점장에게 부탁할 말들을 모두 정하고 들어왔다.

"부탁? 태령이 네 부탁이면 다 들어줘야지. 무슨 부탁인데?"

역시 태령의 예상대로 점장은 굉장히 태령을 잘 대해 주었다.

태령도 스스로 생각해도 참 열심히 일했다고 기억하고 있었다.

그 모습에 다른 편의점에서 태령을 몰래 찾아와 자신들의 편의점으로 와달라고 제의한 적도 몇 번 있을 정도였다.

물론 그때마다 모두 거절했다.

직장을 옮겨서 사람들 사이에 안 좋게 소문이 나는 것도 내키지 않았지만, 무엇보다도 오랫동안 일할 직장이었기에 옮기고 싶지 않았다.

그런 마음으로, 유혹에도 넘어가지 않고 굳건했던 태령에게 점장은 호감도가 높았다. 그 사실을 태령도 은근히 짐작하고 있었다.

"제가 요즘에 일자리가 없어서요. 그것 때문에 부탁 좀 드리려구요."

"음?"

"그때, 점장님 친구 분이 아르바이트생 구한다고 하셨던 것이 기억이 나서요.”

태령의 말에 점장은 아! 하는 표정으로 무언가를 기억해 내었다.

바로 얼마 전 태령이 일을 그만둔다고 했었을 때, 마침 그 자리에 있었던 점장의 친구가 했던 이야기를 말이다.

“돈 떨어지면 언제든지 찾아와. 너같이 성실하고 잔꾀 안 부리는 사람은 학생이어도 환영이야.”

얼마나 친구에게 태령의 칭찬을 했는지 알게 해주는 대목이었다.

“그런 거라면 너무 걱정하지 마라. 내가 이야기하면 금방 연락이 갈 거야. 혹시 다시 편의점에서 일할 생각은 없어? 다시 일하면 전에 일하던 그대로 시급을 쳐 줄게.”

파격적인 제안이다.

최저시급은 4,580원이다.

그렇지만 태령이 아르바이트를 했을 때 받은 시급은 5,200원이다.

물론 야간 아르바이트를 할 때의 시급이었다.

야간 아르바이트 치고 적은 편이라고 하지만 보통의 편의점이 최저임금을 잘 지키지 않는 것을 볼 때 확실히 좋은 대우였다.

물론 그만큼 태령이 열심히 편의점에서 일한 것도 있었지만 말이다.

웬만한 슈퍼마켓보다 훨씬 큰 편의점이었기에 해야 하는 잡일들도 많았다.

그래서인지 시급이 다른 편의점보다 이삼백 원 정도 높았지만 오랫동안 일을 하는 아르바이트생은 없었다.

유일하게 태령만이 1년 가까이 일을 했었다.

고등학교 1학년 여름방학 때 시작해서 2학년 여름방학에 그만두었으니, 거의 일 년이라고 하는 것이 맞을 것이다.

그렇게 열심히, 그리고 오랫동안 일을 해주었던 학생이니 점장의 입장에선 많이 도와주고 싶었다.

거기다 이력서로 고아에다 혼자 산다는 사실도 알게 되었기에 점장은 더욱 그런 태령이 기특하기만 했다.

그래서 처음에 그만둔다고 했을 때 너무나 아쉬웠다. 하지만 혼자 살면서 학교를 다닐 때 편의점 아르바이트 하나만으로는 먹고살기가 힘들 것이라 생각하기는 했다.

그래서 그만둘 때 퇴직금까지 얹어서 줄까 생각했을 정도의 점장이었다.

"괜찮습니다. 일단 다른 일들도 해보면서 많은 경험을 쌓아보고 싶어요."

태령의 말에 점장은 또 다시 기특하다는 듯이 태령을 바라보았다.

여전히 성숙한 아이다.

분위기도 예전의 암울했던 것과는 다르게 자신감있게 변하기도 했으니, 좋은 일이라고 점장은 생각했다.

확실히 눈에 콩깍지가 쓰이면 뭘 해도 이뻐 보이는가 보다.

"그래? 그럼 어쩔 수 없지……. 내가 오늘 연락을 해볼 테니까 걱정 말고 있어. 연락은 고시원으로 하면 되는 거지?"

"아니요. 저 핸드폰 새로 장만했어요. 번호 알려 드릴게요."

평소에 핸드폰으로 돈이 나가는 것을 가장 쓸데없는 지출이라 생각했던 태령이 최신기종은 아니지만 그래도 나름 대세에 맞는 기종을 주머니에서 꺼내자 점장의 눈이 동그래졌다.

왠지 생각보다 많이 변한 느낌이다.

태령이 번호를 부르자 점장이 받아 적었다.

"그럼 안녕히 계세요. 전화 기다리고 있을게요."

태령의 말에 점장은 기분 좋은 미소를 지으며 인사를 받았다.

"그래그래. 아마 저녁 안으로 연락하게 될 거야. 조심해서 들어가거라."

점장은 태령을 배웅하기 위해 점장실을 나왔다. 때문에 안의 대화를 몰래 엿듣고 있던 미혜가 흠칫 놀라 후다닥 문에서 물러났다.

점장이 그런 그녀를 눈으로 슬쩍 흘겼다.

"미혜야, 또 일 안 하고 농땡이 부리고 있었어?"

태령을 대할 때와는 다르게 짐짓 엄한 표정의 점장이 미혜를 나무랐다. 미혜의 입술이 삐죽 튀어 나왔다.

아직 시간이 저녁시간이 아니라 손님들이 별로 없었기에 여유가 있다고 생각했던 미혜였다.

하지만 점장에게는 아니었다.

바닥에 찍힌 수많은 손님들의 발자국과 구석에 뭉쳐 있는 먼지들.

태령이 일을 하고 있을 때는 구경도 못하던 것들이었다.

"얼른 청소해!"

점장의 말에 금세 울상이 된 미혜는 대걸레를 가지러 점장실로 들어갔다.

"에휴…… 내가 저것 때문에 못 산다, 못 살아."

한숨을 내쉬는 점장의 모습에 태령은 피식 웃었다.

"그럼 들어가 볼게요."

"그래그래. 조심히 들어가고 나중에 시간나면 편의점에 놀러와라."

“네. 그럼 안녕히 계세요.”

태령이 인사를 하고 나가자 점장은 오랜만에 기분이 좋은지 웃으면서 점장실로 들어갔다.

“점장님!”

태령이 나가기를 기다렸다가 대걸레를 든 채로 웃으면서 화장실에서 나오는 미혜.

확실히 그녀의 외모는 평범한 남자들의 애간장을 녹일 정도로 귀엽고 청순했다.

하지만 문제라면, 무언가 일을 할 때마다 한두 가지씩 문제를 일으킨다는 것일까?

“왜!”

자꾸 농땡이를 부리는 미혜를 안 좋게 생각하는 점장이었기에 대답은 조금 심술스러웠다.

그런 태도를 알아챘는지 미혜는 애교있게 웃는 얼굴로 점장의 옆에 달라붙었다.

“아까 나가신 분이요, 이곳에서 일하던 사람이었어요?”

애교까지 부리는 미혜의 말에 점장은 조금 화가 풀리는 느낌도 들었다.

“1년 정도 일했던 학생인데 아주 모범적인 아르바이트생이었지. 지금의 누구누구랑은 다르게 말이야.”

누가 들어도 미혜와 태령을 비교하는 말이었지만 그녀는

크게 신경 쓰지 않았다.

"아아~ 그럼 그분 핸드폰 번호 알아요?"

"그런 건 어따 쓰려고!"

"이잉~ 점장님~"

버럭 화를 내는 점장이었지만 금세 눈가가 촉촉해지는 미혜에게 결국 지고 말았다.

"에휴, 졌다, 졌어. 대신 너무 귀찮게 하면 안 돼!"

짐짓 엄한 표정으로 호통도 쳐 봤지만 미혜에게 통할지는 미지수였다.

'좋았으! 완소남 번호 겟!'

점장이 가리킨 곳에 적혀 있는 태령의 핸드폰 번호를 보고 속으로 환호하는 미혜.

역시 점장의 호통은 통하지 않은 것 같다.

Chapter
04
친구들과의 재회

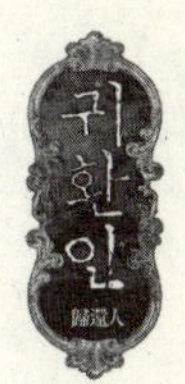

　편의점에서의 용무가 끝난 태령은 다행히 학교까지 늦지 않은 시간인 것을 확인하고 천천히 학교로 걸어가고 있었다.

　저녁 5시.

　서울의 저녁은 굉장히 바쁘다.

　이제 .퇴근을 시작하는 사람들과 하교하는 학생들로 인산인해를 이루고 있었다.

　지금 태령이 가는 거리는 특히 심해 보였다.

　워낙 태령이 사는 고시원이 학교와 근접한 거리인지라 10분에서 15분 정도 걷자 얼마 안 가 태령은 자신이 다니던 우형고등학교의 근처로 와 있었다.

그래도 학교 가는 길은 까먹지 않아 다행이었다.

우형고등학교의 근처는 굉장히 많은 학교들이 운집해 있었다.

중학교와 초등학교를 비롯해서 근처의 고등학교만 다섯 개를 넘어갔다.

게다가 그 다섯 개의 고등학교에서 세 개가 여고와 예술고 등학교였으니, 얼마나 주변에 사람들이 많겠는가?

태령은 자꾸만 몰려나오는 학생들의 물결에 제대로 앞으로 가지 못하고 있었다.

여기저기서 재잘거리면서 자기들의 이야기에 꺄르륵 웃음을 터뜨리는 여학생들과 서로 짓궂은 장난을 하면서 우정을 다지는 남학생들.

게다가 즐비하게 늘어선 온갖 문구점들과 학원들.

그리고 음식점들 때문에 좁아진 인도로 인해서 태령의 사정은 더욱 악화되어 갔다.

도저히 길을 뚫을 수가 없을 것 같자 태령은 기억을 더듬어 빙 둘러가기로 했다.

원래 학교를 다닐 때도 사람들이 많은 것을 싫어했던 태령은 이렇게 곧잘 사람들이 없는 곳으로 빙 둘러 학교로 가곤 했었던 것이다.

태령의 눈에 익숙한 길들이 펼쳐지고 태령은 조금은 오래 걸려도 그다지 큰 차이는 아니었기에 크게 신경 쓰지 않고 둘러 돌아가기 시작했다.

인도에서 공원으로 빠져서 반대편으로 나온 태령은 아까의 그 거리와는 전혀 딴판인 사람들이 전혀 없는 길을 따라 학교 쪽으로 걸어 올라갔다.

사람들이 없으니 꽤나 적적한 것이 심심하기는 했지만 그래도 많은 것보다는 낫다고 생각한 태령이다.

그렇게 조금 올라가니 작은 공원이 건물들 사이에서 언뜻언뜻 보였다.

다른 공원과 놀이터에는 어린아이와 놀러나온 아줌마들의 수다가 귀를 울리고 남학생들과 여학생들이 떠드는 소리에 정신이 사나웠지만 그 공원은 이상하리만큼 적막이 깊게 내려앉은 상태였다.

이상하다고는 생각했지만 그대로 있을 놀이기구는 다 있었기에 그다지 이상할 것도 없었다.

하지만 기분이 꺼림칙하게 만드는 고요함에 들어가고 싶지는 않은 공원.

걷다가 무심코 멈춰 서서 공원 안을 들여다보던 태령은 이내 이럴 때가 아니라는 생각에 얼른 우형고등학교로 다시 발걸음을 옮겼다.

얼마 지나지 않아 태령은 우형고등학교의 정문에 도착할
수가 있었다.

하교 시간인 6시까지 대략 10분 정도가 남은 상황이었다.

"기다리지 뭐."

10분 정도는 기다리다 보면 금방 가리라 생각한 태령은 학
교의 정문 옆의 기둥에 기대어 섰다.

이곳에 온 지 벌써 이틀이 지났다.

그동안 이 세계에 적응을 하지 못해서 이런저런 일들이 있
었고 마계에서 기억하지 못했던 소중한 사람도 만났다.

그리고 지금 자신의 뒤에 있는 학교.

우형고등학교.

이 학교에서 태령은 처음으로 마음을 나누는 친구를 만들
었고 그 속에서 웃음을 지었다.

그리고 이 학교를 다니는 동안 고아원을 나와 혼자 살게 되
었고, 이 학교를 다니면서 태령은 친구들과 어울리는 법을 배
웠다.

태령에게 진정한 사회를 가르쳐 준 곳이었다.

내성적이고 겉도는 태령이 친구와 사귀게 된 곳.

우형고등학교에 특별히 좋은 감정은 없지만 그래도 소중
한 의미와 추억들이 있는 곳이다.

처음으로 학교를 가는 것이 즐거웠던 학교이기도 했다.

그렇게 이런저런 생각에 잠겨 우형고등학교에 대한 추억을 되새기고 있을때 태령은 문득 여러 개의 시선을 느꼈다.

우형고등학교는 근처의 다른 학교들에 비해서 한두 시간 정도 하교가 늦는 경우가 허다했다.

그래서인지 태령이 친구들과 학교가 끝나고 하교를 하기 위해 나오다 보면 근처의 학교에서 친구들을 만나러 온 학생들이 정문 앞에서 진을 치고 있던 기억이 있었다.

"여전히 많이 모여 있네."

태령은 자신처럼 누군가를 기다리는 학생을 대략 열댓 명 정도 발견했다.

대부분이 남학생들이었지만 개중에는 남자친구를 보러 온 여학생들도 더러 있었다.

그 학생들이 아직 교복을 입고 있는 것에 비해서 태령은 혼자서 사복을 입은 상태였다.

그러다 보니 학생들의 틈에서 자연스레 눈에 띄었고, 지나가던 학생들도 사복을 입은 태령의 모습에 곁눈질을 했다.

하얀 피부와 붉은 입술.

그리고 약간은 사나워 보이는 눈과 더불어 갸름한 턱선은 뭇 여학생들의 시선을 빼앗았다.

그렇게 태령이 주변 시선들을 깨달았을 때는 이미 노골적으로 변한 뒤였다.

쏟아지는 시선에 태령은 뻘쭘하게 서서 핸드폰을 꺼내 시간을 보았다.

6시가 약간 넘었다.

하지만 학교에선 학생들이 아직 나오지 않고 있었다.

'무슨 일이지?'

원래 다른 학교보다 느리기는 하지만 그래도 6시를 크게 넘기지는 않는데 무슨 일인지 하교가 늦어지고 있는 것이다.

태령이 핸드폰을 보고 있는 것을 보고 다른 아이들도 시간이 늦어진 것을 알아챘다.

안 그래도 기본적으로 10분에서 30분까지 기다린 아이들이었기에 안 나오는 친구에게 짜증을 부리기 시작했다.

몇몇은 전화를 하고 몇몇은 우형고등학교를 욕하기 시작했다.

"야, 왜 안 나와?"

"이놈의 우형고는 맨날 늦게 끝나면서 늦어지기까지 하네."

"아, 짜증나 죽겠네."

주변에서 조금씩 터져 나오는 불만들이었다.

우우우웅.

태령은 주머니에서 핸드폰이 진동하자, 이번에는 놀라서 떨어뜨리지 않고 꺼내 확인했다.

야 대략 30분 정도 늦어질 예정. 알아서 기다리시든지 피시방에 가 있든지 하시오. 피방비는 우리의 물주인 재명이가 내기로 했음.

유하의 문자였다.

지선의 핸드폰 번호로 문자가 왔기는 했지만 문자의 내용과 어투를 보면 딱 유하였다.

지선의 성격상 이런 문자를 한다는 것은 불가능할테니까 말이다.

평소 항상 냉철하고 이성적으로 행동하는 지선이다.

게다가 약간은 내성적이고 말수도 적은 녀석인데 이런 가벼운 장난기가 가득한 문자는 상상도 할 수가 없다.

전형적인 장난꾸러기인 유하라면 모를까.

피식.

장난스러운 유하의 문자에 태령은 가벼운 미소가 터져 나왔다.

태령을 뚫어져라 쳐다보던 여러 여학생들의 애간장이 그 미소에 녹아버린 것은 여담이다.

아무튼 태령은 유하의 문자를 보고 기대고 있던 몸을 일으켰다. 우형고등학교 정문 앞에서 진을 치고 있는 학생들 사이로 빠져나와 그는 밖으로 나왔다.

아까보다는 확실히 한산한 거리다.

하지만 그래도 여전히 지나다니는 사람들은 많았다.

태령은 주변을 둘러보면서 천천히 길을 따라 걸었다.

주변에는 온갖 화려한 문구로 학생들의 시선을 끌려는 가게들이 즐비했다.

닭꼬치와 토스트, 김밥 등을 파는 음식점과 패스트푸드점들이 즐비한 길거리.

약간은 어두워진 거리에 비하면 환하디환한 가게의 안에는 여러 가지 교복을 입은 학생들이 저마다 자기들의 이야기를 꺼내며 웃고 떠들면서 친구들과 시간을 보내고 있었다.

그 모습을 보며 천천히 걷던 태령은 금세 유하가 말했던 피시방에 도착했다.

이 피시방은 태령이 주말 아르바이트를 하는 동안 친구들이 자주 놀던 곳이다. 아르바이트가 끝난 태령도 돈이 아까워 게임은 하지 않았지만 이쪽으로 합류했기에 기억에 선명하게 남아 있었다.

"오랜만이네, 여기도."

피시방의 입구에 선 태령은 왠지 감회가 새로워 절로 미소가 지어졌다.

안에서 은은하게 들리는 게임과 음악 소리가 태령의 귀를 즐겁게 했다.

어차피 아르바이트를 하면서 20일 동안 돈을 모을 테니 지금 좀 쓴다고 해서 크게 부족하지는 않을 것이다.

예전과는 확실히 달라진 태령의 마음가짐.

그전에는 돈이 없어서 당한 굴욕 때문에 돈을 모아야 한다는 강박관념에 시달렸었다.

하지만 지금은 그렇지 않다.

어릴 적 홀로 고시원에 들어가 살면서 겪은 가난에 대한 설욕은 이미 잊혀진 지 오래다.

마계에서는 반대로 호화스럽기 그지없는 삶을 살고 있던 태령이다.

그렇다 보니 금전감각이 많이 무뎌진 것도 있었다.

돈에 구애받지 않고 원하는 것은 언제든지 가질 수 있는 위치에 있다 보니 생긴 버릇이었다.

"들어가 볼까?"

스스로에게 말한 태령은 실로 오랜만에 그토록 꿈꾸던 평범한 학생의 취미를 즐기러 들어갔다.

태령이 마계에서 가장 하고 싶었던 일 중에 하나가 바로 피시방에 가보는 것이었다.

그전에는 돈에 쪼들리고 소비에 대한 지독한 강박관념 때문에 소문난 자린고비 생활을 하긴 했었지만 결코 원하던 것은 아니었다.

마계에서 모든 생활에서 풍족을 넘어 사치를 누리자 점차 자신이 어려웠을 때 즐기지 못했던 것들이 기억이 나곤 했었다.

가령 여자친구를 만난다던가, 친구들과 함께 피시방에서 게임을 해보기도 한다던가, 친구들과 같이 햄버거 가게에서 비싼 햄버거 세트를 시켜서 먹어본다거나 하는 소소한 것들이었다.

대한민국의 모든 학생들이라면 한 번쯤은, 아니, 일상인 생활을 누리지 못한 데에서 오는 후회였다.

그런 상념을 하며 안으로 들어선 태령은 80여 년 전에 피시방에 들어설 때와 똑같은 반응을 보였다.

흡연석에서 금연석을 넘어 태령의 코를 자극하는 담배 연기와 냄새에 절로 인상이 찡그려진 것이다.

게다가 요금은 또 얼마나 비싼가.

돈의 중요성에 다시 눈을 뜨고 있는 실정이었기에 태령은 한 시간에 1,200원이나 하는 피시방 요금에 분노했다.

'뭐 이리 비싸! 내가 왜 내 돈을 내고 담배 연기를 마시면서 하지도 못하는 게임을 해야 하는 거지?'

스스로 의문이 들었다.

하지만 마계에서부터 세웠던 꼭 해보자 하는 리스트 중 제법 상위권에 랭크된 목록이다.

태령은 조금 참아보자라는 생각을 가지고 카운터로 다가 갔다.

여느 피시방에나 그렇듯이 예쁘게 생긴 아르바이트생이 환한 미소를 지으며 새로운 고객을 맞이했다.

"요금이 얼마죠?"

바로 옆에 쓰여 있는 요금 안내표를 보고도 태령은 조금이나마 덜하기를, 그 요금표가 잘못된 것이기를 바라는 심정으로 물었다.

아르바이트생은 바로 옆에 요금표가 있음에도 불구하고 일일이 다 설명해 주었다.

아마 태령의 잘생긴 이목구비가 한몫했을 것이다.

"선불로 하시면 한 시간에 1,000원 되시구요, 후불로 하시면 한 시간에 1,200원이에요. 마일리지 적립 되구요, 기본 서비스로 음료 드리고 있어요. 몇 시간 하시게요?"

여타의 다른 남학생이라면 예쁘장한 누나가 환한 미소를 지으며 이렇게 친절하게 설명하면 열 시간을 끊고 학업을 뒤로할지도 모르는 일이었지만 태령은 그렇지 않았다.

여전히 한 시간에 천 원이나 하는 요금이었다.

'야밤에 일이 끝나고 컵라면으로 배를 불리는 데 드는 돈이 천원이다. 그 돈이면 하룻밤을 배불리 잘 수가 있는데 고작 컴퓨터를 하는 데에 천 원을 내야 하는 건가?

역시 사람의 기본 근성은 사라질 수가 없는가 보다.

마계에 있을 때 사용한 금덩이나 돈들은 모두 마왕이 지원해 준 것들이다.

그리고 매일같이 쌓이는 재물들과 온갖 조공들로 태령은 구두쇠 본능을 조금씩 잊어갔었다.

그러나 지구로 돌아와 다시 깨어난 구두쇠 본능은 지금 이곳에서 한 차례의 각성을 하게 된다.

미간이 살짝 꿈틀거렸다.

태령은 지갑에서 현금인출기에서 꺼낸 돈 중 1만 원짜리 한 장을 빼 아르바이트생에게 건넸다.

손이 부들부들 떨리기는 했지만 얼굴에는 철판을 깔고 속으로 우는 얼굴을 드러내지 않은 채 태연한 미소를 지었다.

"한 시간만 할게요."

"회원가입 하셨어요?"

아르바이트생의 질문에 아마 예전에 했을 것이라 생각하고 이름을 불러주었다.

"권태령인데, 오랜만에 오는 곳이라 회원가입이 되어 있는지 기억이 가물가물하네요."

태령의 말에 이름을 쳐 본 아르바이트생은 대략 보름 전에 왔었던 것으로 기록이 되어 있는 것을 보고 갸웃거렸다.

"회원가입이 안 되어 있나요?"

태령이 물었다.

"아니요. 저번에 한 번 오신 걸로 되어 있어서요."

아르바이트생은 권태령이 온 시간을 보고 자신이 일을 하고 있을 때였음을 알아챘다.

그런데 이런 미남을 그때 본 적이 없는 것 같다.

적어도 이 아르바이트를 하고 있는 동안에는 절대 이 정도의 훈남을 본적이 없다.

그러다가 나이를 보고는 깜짝 놀랐다.

눈앞의 훤칠한 훈남이 알고 보니 고등학생의 나이인 것이다.

누가 봐도 성인인데 나이는 열여덟 살.

아르바이트생은 혼란에 빠졌다.

눈앞에 서 있는 권태령이란 사람이 은근히 미스테리했기에 아르바이트생은 잠시 얼이 빠졌다.

그 모습에 안 그래도 예상외의 큰 출혈에 속으로 삭이던 분을 태령은 살짝 표출했다.

"저기요, 저 거스름돈 안 주세요?"

짜증이 인 태령의 목소리에 퍼뜩 정신 차린 아르바이트생은 다급히 이름을 클릭하고는 무언가를 하더니 금색의 카드와 거스름돈을 꺼내어 주었다.

카드의 겉면에는 피시방의 이름과 로고가 멋스럽게 그려져 있었고, 무슨 게임인지도 모를 게임의 여성이 반라인 상태로 요염하게 바라보고 있는 그림이 바탕으로 깔려 있었다.

남학생들의 취향에 완벽히 부응한 피시방의 전략이다.

"자리에 가서서 카드를 꽂으시고 하시면 돼요."

아르바이트생의 설명을 뒤로하고 태령은 자리로 이동했다.

담배 연기로 뿌연 흡연석으로 가고 싶은 마음은 쥐똥만큼도 없다.

대부분의 금연석들이 가득 찼지만 용케 구석진 곳에 한 개의 자리가 비어 있는 것을 발견한 태령은 그곳으로 갔다.

조금은 어색하게 컴퓨터의 겉면을 이리저리 보던 태령은 간신히 시작 버튼을 찾아 눌러 놓고는 푹신한 의자에 앉았다.

이제 보니 자리가 아직 치워지지 않았다.

"비싸기는 드럽게 비싸면서 서비스 마인드가 왜 이래?"

안 그래도 불만투성이인 태령은 계속해서 튀어 나와 있던 입으로 불평을 쏟아내었다.

그리고는 사정없이 벨을 누르고는 아까의 그 아르바이트생을 불렀다.

"죄송합니다. 조금만 기다려 주세요."

잔뜩 어질러진 자리를 보고 당황한 아르바이트생이 허둥

대며 치우는 동안 태령은 잔뜩 골려주겠다는 생각을 잠깐 했었지만 그만두었다.

'그래, 저 사람도 바쁘니까 그러겠지.'

다른 사람들이 하는 것을 보면서 인터넷 하는 법을 배운 태령은 세상을 자세히 알아보기 시작했다.

베히모스를 받아들이고 얻은 막대한 정신력과 차원이동으로 얻은 최상의 두뇌는 바다와도 같은 인터넷 속에서 원하는 정보와 기사들을 모조리 잡아냈다. 그리고 수많은 정보를 머릿속에 가지런히 정리했다.

이 정도면 가히 천재라고 불려도 손색이 없을 정도였다.

컴퓨터가 익숙하지 않은 태령은 중간중간에 모르는 사이트로 들어가거나 막힐 때마다 아르바이트생 호출 버튼을 눌러대었다.

처음 한두 번은 아르바이트생도 정성으로 대답해 주었다. 하지만 여러 번 반복되자 막연히 친절할 수만은 없었다.

아르바이트생은 자꾸만 불러대는 태령이 점차 짜증이 났다.

처음의 그 잘생긴 얼굴 때문에 가지고 있던 호감은 이미 싹 사라진 상태였다.

"뭐야, 왜 이리 안 오는 거야?"

이미 호출 버튼을 다섯 번이 넘게 눌러댔는데도 코빼기도

안 보이는 아르바이트생에게 태령은 서비스가 엉망이라며 불
평했다.

띵동, 띵동, 띵동.

연거푸 눌러대자 아르바이트생이 드디어 오는 게 느껴졌
다.

'후후후……. 계속 눌러대면 지가 버텨?'

천 원에 악마가 되어버리는 태령이다.

"또 무슨 일이신가요?"

짜증이 날 대로 난 아르바이트생이 뾰족한 목소리로 날카
롭게 외치자 주변의 시선이 그들에게 쏠렸다.

"이거 어떻게 해야 하는지를 몰라서요."

주변의 시선이 쏟아지는 중에도 태령의 표정은 뻔뻔하게
만 보였다.

사실 태령은 뻔뻔한 게 아니고 짜증을 내는 아르바이트생
의 태도를 읽어내지 못한 것이었다. 천 원을 냈으니 당연한
서비스를 받는다는 것이 태령의 입장이었으니까 말이다.

순진하기까지 한 눈으로 쳐다보는 태령의 모습에 아르바
이트생은 한숨을 푹 내쉬며 마우스를 건네받았다.

"그러니까 아까 말씀드렸잖아요. 이럴 때는 이렇게 해서
이렇게 하시면 된다니까요."

짜증이 난 상황에서도 자세하게 설명해 주는 것을 보면 기

본 성정이 나쁘지는 않다.

'계속 부르는 것도 이제 보니 조금 미안해지네. 아르바이트 하는데 이러면 정말 힘들 텐데…….'

태령도 아주 오래전에 아르바이트를 하면서 편의점 내에서 고성방가하고 술판을 벌이며 온갖 쓰레기들을 바닥에 버리고 가는 손님들 때문에 얼마나 고생했던가?

그런 진상인 손님들이 그 정도로 나가면 다행이다.

컵라면이나 술이라도 바닥에 쏟으면 태령은 정말 열불이 속에서 뻗쳤다.

입 밖으로 튀어 나오는 욕설을 간신히 집어삼킨 게 몇 번이던가?

태령은 결국 한마디 사과를 하기로 했다.

"죄송해요. 일부러 그런 건 아니고……."

끝을 흐리면서 여운을 남기는 태령의 말에 아르바이트생은 오해를 하기 시작했다.

'일부러 그런 건 아니라고? 설마 나한테 관심이 있어서 그런 거 아냐?'

본디 여자는 착각의 동물이라고 했던가?

태령의 한마디에 착각의 세계로 빠져드는 아르바이트생이다.

'확실히 내가 좀 이쁘게 생기기는 했지. 호호호. 이런 영계에다가 잘생긴 동생이면 언제든지 환영이야. 내가 그렇게 좋을까? 이렇게 자꾸 불러대는 걸 보면 은근히 숙맥일지도 모르겠네.'

혼자서 상상의 나래를 펼치는 아르바이트생과 급격히 친절하게 변한 아르바이트생에게 당황한 태령.

눈에서 읽어지는 아르바이트생의 상상에 태령은 당황스럽기만 했다.

우우웅.

그때 핸드폰이 갑작스레 울렸다.

주머니에서 꺼내 확인을 해보니 유하의 문자다.

인터넷을 어렵사리 헤매고 있는 동안 학교가 끝난 것이다.

'나이스 타이밍!'

야 우리 끝나서 그 피시방으로 가니까 기다리고 있어. 설마 우리한테 덤터기 씌우려고 후불로 해둔 것은 아니겠지!

유하의 문자가 확실하지 않은가?

태령은 자리에서 일어섰다.

갑자기 태령이 일어서자 한참 컴퓨터 화면을 들여다보던 아르바이트생이 태령을 바라보았다.

"이제 그만 가봐야 해서요. 정말 감사합니다."

태령의 말에 아르바이트생의 얼굴에 아쉬운 기색이 역력해졌다.

"이거 카드 다시 돌려 드리면 되나요?"

태령은 단말기에서 카드를 뽑으면서 물었다.

"네, 카운터에 올려놓고 가시면 돼요."

얼굴에 아쉬운 기색을 역력하면서도 아무렇지 않게 행동하는 것을 보고는 웃음이 나올 것 같았지만 내색하지 않았다.

"자주 오세요!"

피시방을 나서는 태령의 뒤에 아르바이트생의 말이 들렸지만 태령은 고개를 숙여 인사를 하고는 나왔다.

*　　*　　*

밖으로 나오자 우형고등학교에서 나온 학생들이 다시 길거리를 가득 메운 상태였다.

학원으로 가는 학생이나 친구들과 놀러 노래방이나 피시방을 가는 학생들이 분주하게 길거리를 걸어다녔다.

그 모습을 보던 태령은 자신과 친구들이 같이 지나다니던 과거를 떠올렸다.

처음으로 생긴 친구가 좀 어색한 태령이었지만 친구들의 배려로 마음의 문을 점차 열었다.

그렇게 웃는 날도 많아졌고 점차 태령의 성격도 바뀌었다.

자신을 바꾸어주었던 친구들.

자신이 마계에서 살아나기 위해 발버둥 쳤던 이유들.

바로 친구들을 이제부터 만나게 된다.

'친구들을 만나면 어떤 기분일까?'

눈물이 흐를지도 모른다.

심장이 두근거리는 것이 느껴진다.

천마대전 당시 수십만의 천족들을 눈앞에 두고 선두에 서서 천족들을 쓸어버릴 때도 느끼지 못했던 긴장감이다.

온몸이 경직되는 것을 느낀 태령은 자조했다.

자신이 누구인가?

마계 역사상 가장 강력했다는 마수왕 베히모스의 마력을 얻어 천족들의 공포의 대상으로 군림했던 자신이 이렇게 긴장하다니……

태령은 마음을 편하게 하기 위해 의도적으로 행인들을 보며 다른 생각을 했다.

그러자 조금은 긴장이 풀리는 것 같았다. 얼마 후, 뒤에서 자신을 부르는 목소리가 들렸다.

너무나 익숙한 목소리.

아주 오랜 시간 동안 듣지 못했던 목소리다.

잠깐 편안해졌던 마음이 다시 흥분됐고 심장은 아까보다

배는 거세게 뛰기 시작했다.

“태령아!”

“여어!”

유하와 재명이다.

뒤로 돌아보지 않아도 알 수가 있다.

눈으로 보지 않아도 누가 누군지 목소리만으로 알 수가 있다.

그토록 듣기를 바라던 목소리였으니까

천천히 돌아서자 친구들의 모습이 보인다.

세 명.

지선과 유하, 그리고 재명.

항상 냉정하고 이성적인 논리와 깊은 생각을 하는 믿음직한 친구, 지선.

큰 덩치와 장난스러운 얼굴, 그리고 뛰어난 운동신경을 가지고 유도를 선수처럼 잘 하는 유하.

꽤나 잘 사는 집안의 자제인데다가 유하와 재밌는 개그 콤비를 이루며 눈치도 빠른 재명.

그리고 태령.

지금 친구들에게는 그저 열흘 만에 만나는 태령이지만, 태령에게는 근 백 년에 가까운 시간 만에 만나는 친구들이다.

태령은 떨리는 입술을 간신히 진정시키면서 어색하게나마

인사를 했다.

"안…… 녕?"

태령과 친구들은 근처의 공원으로 갔다.

애초에 피시방을 싫어하는 태령 때문에 지선이 내린 결정이었다.

오랜만에 만나는 친구이기에 피시방에서 담배 연기 마시면서 게임에 빠지는 것보다 같이 이야기를 나누기 위해 공원으로 온 것이다.

"아르바이트 간다며? 한 달 동안 연락 안 될 거라고 하더니……."

태령을 보면서 묻는 재명이다.

친구들 모두가 태령을 걱정하면서 바라봤다.

태령의 유일한 밥줄인 편의점 아르바이트까지 그만두고 한 달 동안 운 좋게 노가다 아르바이트를 한다고 했던 태령이 열흘 만에 돌아오니 걱정이 됐었던 것이다.

"야, 어디 다친 거 아냐? 그러고 보니까 이 자식 많이 변했는데? 그 암울하던 헤어스타일은 어디 갔지? 안경은?"

우형고등학교는 두발이 자유다.

그래서인지 학생들의 머리는 기본적으로 모두 길다.

학교 하교 시간이 늦는 것은 다른 학교에 비해서 불만이긴 하지만, 두발 자유는 다른 학교에 비해 매우 만족스러운 부분이었다.

태령도 예외는 아니었다. 두발이 자유가 아니라면 아마 빡빡 밀고 다녔을 것이다.

그나마 자유였기 때문에 태령은 머리를 깎는 것을 아주 최소화하여 항상 기다란 머리를 하고는 눈을 가릴 정도의 앞머리를 하고 있었다.

게다가 축 처진 어깨와 힘없는 걸음걸이, 다리가 부러진 것을 테이프로 이어붙인 두꺼운 뿔테안경.

그랬던 태령이 안경을 벗고 답답했던 머리까지 짧게 자르고 나타났다.

옷도 멋스럽게 바꿔 입은 것을 보고 처음에는 유하와 재명도 태령이 맞나 했었다.

음울한 아우라를 풍기던 태령의 분위기도 많이 바뀌었지만 그래도 친구들은 태령을 알아볼 수가 있었다.

"너 무슨 일 있었어? 사람이 변하면 죽는다던데? 창창한 나이에 죽으면 그거 참 억울할 텐데?"

유하가 태령의 어깨에 손을 올리면서 물었다.

그러자 재명이 간죽대면서 끼어들었다.

"야야, 너는 오랜만에 보는 친구한테 하는 말이 그게 뭐냐? 하여간 근육바보라니까."

유하를 약 올리는 재명의 말에 이마에 사거리 마크를 찍은 유하가 재명을 잡기 위해 달려들었다.

"너 일루 와!"

"으아아악!"

헤드록을 걸고 즐거워하는 유하와 고통스러워하는 재명을 보던 태령은 가슴속에서 뭉클 하는 것을 느꼈다.

이 녀석들의 장난에 한숨을 쉬다가 유하의 다른 한쪽 팔에 헤드록이 걸렸던 기억이 난 것이다.

그때는 당연한 일상이었다.

하지만 그게 그렇게 그리워질 줄은 몰랐다.

"에효……. 저것들은 언제 철이 들는지……."

지선의 한숨 소리가 들린다.

유하와 재명의 장난과 난동에 주변 학생들의 시선이 이곳으로 쏠리는 탓이다.

어느새 밤이 내려앉아 오렌지색 조명이 켜진 공원에는 그들말고 또래의 학생들도 있었다.

태령은 왠지 오렌지색 가로등이 마계에 떠 있는 세 개의 해 중 하나 같았다.

게다가 살짝 차오른 눈물 때문에 여러 개로 보이면서 마계의 하늘을 보는 느낌이 들었다.

"무슨 일 있었어? 많이 변한 것 같은데……."

지선이 태령을 보면서 걱정스런 이야기를 했다.

"야야, 지선아. 뭘 그렇게 걱정해? 복권이라도 당첨이 됐나 보지!"

한창 재명과 놀던 유하가 말하자 지선은 한심스레 한마디 했다.

"미성년자는 복권 구입이 불가능해."

"아, 그래? 좋은 정보 고맙다!"

넉살도 유단자급인 유하다.

"으이그! 역시 근육바보!"

헤드록이 걸린 상태에서도 유하를 약 올리는 재명.

하나같이 변하지 않았다.

하지만 태령은 변했다.

"안 좋은 일은 아니지?"

지선의 말에 태령은 빙그레 웃으면서 고개를 절레절레 저었다. 어느새 눈물도 사라진 상태였다.

"아니야. 안 좋은 일은 없어."

"그럼 다행이고."

지선은 깊게 질문을 이어가지 않았다.

여전히 깊은 생각으로 자신을 배려하는 지선의 행동에 태령은 너무나 고마웠다.

이렇게 변하지 않아 주어서 고마웠다.

자신은 많은 것이 변했지만 지금의 친구들과 오랜 시간을 같이 하고 싶다.

친구들이 늙어서 죽을 때까지 같이 살고 싶다.

평범하게 나중에 술이나 한잔 기울이면서 어렸을 적 추억을 나누는 그런 미래를 이루고 싶다.

지금 태령은 마음속으로 지금 이 순간이 영원하기를 바랐다.

너무나 소중한 친구들과 보내는 시간.

값진 시간이다.

너무나 값진 시간이라서 드래곤이라도 불러서 타임스톱 마법을 펼쳐 달라고 하고 싶을 정도다.

"그럼 너 일은 요즘에 안 하는 거야?"

언제 장난이 끝났는지 재명이 다가와서 태령한테 말을 걸었다.

"아니, 아마 근래에 다음 아르바이트를 하게 될 것 같아."

태령의 말에 금세 시무룩해진 유하다.

"에이! 그럼 언제 같이 노냐?"

"내가 일 안 하는 날은 너희랑 신나게 놀아봐야지! 여태 못했던 것들 다해 보자!"

태령의 말에 잠시 어리둥절했던 유하와 재명이었지만 이내 환호성을 질렀다.

그들은 태령을 배려해서 항상 몸으로 움직이는 운동만 했었다. 하지만 이제 맛있는 것도 먹으러 가고, 노래방도 가고 당구장도 가고 이래저래 신나는 일을 할 수 있게 되었기 때문이다.

"오예!"

"앗싸!"

"괜찮겠어? 너 돈 쓰는 거 별로 안 좋아했잖아."

지선만 태령에게 되묻는다.

지선의 말에 환호성을 질렀던 두 녀석들은 금세 뻘쭘해했다.

"저렇게 좋아하는데 이제 쓰기도 해야지. 대신 많이는 못 하는 거 알지?"

태령의 말에 열심히 고개를 끄덕이는 유하와 재명이다.

지선 역시 입가에 희미한 웃음이 걸려 있었다.

"좋았어! 오늘은 노래방 갈래?"

이번에는 분위기 메이커라고 할 수 있는 재명이 넌지시 물었다.

왠지 태령의 눈치를 보는 느낌이었다.

"그래! 오늘은 오랜만에 봤으니까 신나게 놀아보자!"

아까 피시방에서 돈 천 원에 아르바이트생을 골리던 기억을 잊고는 환하게 웃으면서 말했다.

“오올! 네가 무슨 바람이 불어서?”

유하가 믿기지 않는다는 듯이 물었다.

“한번 한다고 하면 하는 게 남자지!”

도리어 큰소리를 치는 태령이다.

떨리던 가슴은 이미 날아간 지 오래다.

너무나 오랜 시간을 간절히 원한 시간이 오자 막상 떨리고 두근거리던 심장은 온데간데없이 금세 동화되어 같이 웃는 태령이었다.

큰소리치는 태령을 어깨동무 한 유하는 신나게 웃었다.

그 모습을 보던 지선과 재명도 기분 좋게 웃었다.

왠지 변한 태령도 나쁘지 않았기에.

아니, 무슨 일이 있었는지 몰라도 환하게 변한 태령의 성격이 너무나 기쁜 친구들이었다.

태령이 마계에서 예전의 꿈꾸었던 평범한 일상 목록 중에 가장 맨 위의 목록.

친구와 함께 웃으면서 신나게 놀아보기.

*　　*　　*

고시원의 태령의 방.

지금은 저녁 10시다.

이제야 고시원으로 돌아온 태령은 좁디좁은 방의 절반 이상을 차지하는 침대에 털썩 주저앉았다.

싸구려 매트리스 밑에 다리 네 개를 받쳐둔, 침대라고 볼 수도 없는 물품이지만 태령에게는 소중한 침대였다.

태령이 주저앉아 스프링이 끼익거리는 소리를 내며 요동쳤다.

태령의 얼굴에는 은은한 미소와 함께 만족스런 표정이 만연했다.

여태까지 마계에서 가장 그리고 하고 싶었던 것들을 실컷 하고 온 덕이었다.

친구들과 잘 알지도 못하고 기억도 안 나는 노래를 신나게 부르고, 생애 처음으로 당구도 신나게 즐겼다.

물론 태령이 심하게 잘하는 바람에 친구들이 모두 경악했다는 것은 여담이다.

태령이 친구들과 신나게 논 기억을 떠올리고 있을 때 주머니에서 핸드폰이 울렸다.

우우웅, 우우웅!

급히 핸드폰을 꺼낸 태령은 편의점 점장이란 글자를 액정에서 확인했다.

그제야 아까 편의점 점장이 저녁 안으로 연락을 준다던 말을 기억해 냈다.

"여보세요? 점장님이세요?"

"어, 태령아. 내일 시간 비워뒀지?"

"내일 약속 하나도 없어요."

태령은 점장과 했던 약속을 떠올리곤 말했다.

"친구 녀석이랑 여태 술을 마시느라 깜빡하고 있었다. 이제야 견디서 먹고 정신이 도네."

아직까지 말에 약간의 취기가 있는 것 같지만 그래도 술이 깨고 곧장 전화해 준 게 고마웠다.

"내일 대곡역으로 아침 9시까지 오면 된다고 하더라. 늦지 말고. 태령이 너라면 뭘 해도 잘 할 거야. 나중에 꼭 편의점에 놀러와라."

태령을 얼마나 아끼는지 알 수 있는 점장의 말이다.

"네, 알겠습니다. 그럼 나중에 꼭 놀러갈게요."

탁.

전화를 끊은 태령은 대곡역이라는 곳이 어딘지 핸드폰을 이용해서 찾아보았다.

대략 한 시간 정도 걸리는 시간이다.

거리상으로 따지면 많이 멀진 않았지만 그래도 지하철이 직선으로 연결되어 있는 곳이 아니다 보니 갈아타고 빙 둘러

가야 했다.

"여유 잡고 한 시간 반 정도 걸린다고 생각하면… 적어도 일곱 시에는 일어나야겠군."

시계를 보던 태령은 시간 계산을 끝내고 알람을 맞추었다.

역 바로 앞에 위치한 태령의 고시원이었기에 역까지 가는 시간을 고려할 필요는 없었다.

"오늘은 조금 피곤하네. 마력이나 달래면서 자야겠다."

딸깍.

샤워 후 방 불이 꺼지고, 태령은 낮동안에 관리를 하지 않아 많이 거칠어진 마력을 달래며 이른 잠을 청했다.

Chapter
05
일을 잘하는 모범적인 슈퍼 알바?

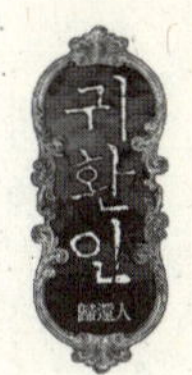

찌르르르릉—

이른 아침.

한여름의 태양은 이른 아침에 이미 하늘에 떠서 창문가에 볕을 들였다.

아침 7시가 되자 시끄러운 소리를 내며 울리는 시계에 태령은 손을 이불 밖으로 내밀어 자명종을 껐다.

태령이 새로 아르바이트를 시작하는 날이다.

꽤나 기념적인 날인 것이다.

근 80년 만에 하는 아르바이트다.

태령의 얼굴을 덮고 있던 얇은 이불이 걷히고 말끔한 얼굴이 쑥 하고 빠져나왔다.

"으흠? 벌써 시간이 이렇게 됐나?"

오랫동안 눈을 감고 있었기에 동공이 커진 상태에서 들어온 햇빛에 태령의 눈살이 찌푸려졌다.

"커튼을 쳐 놓고 자던가 해야겠네."

태령은 오랜 시간 동안 잠을 자면서 달래어 놓은 마력들이 한층 잠잠해지자 만족스러운 얼굴을 했다.

이렇게 마력을 달래두면 이삼 일은 조용하다.

하지만 시간이 지나면 본성을 찾아 다시 거칠어지는 게 바로 베히모스의 마력이다.

그만큼 마력을 사용하지 않는 한은 계속해서 마력들을 달래주어야 한다.

"이 짓도 귀찮아 죽겠다."

뒷머리를 벅벅 긁은 태령은 그렇게 혼자 중얼거린 뒤 일어나 샤워장으로 향했다.

말이 샤워장이지 실제로는 샤워장과 화장실, 그리고 세탁실이 혼합된 곳이다.

돈만 있었다면 개인실에 샤워실이 딸린 좋은 곳으로 들어갔겠지만 역시 돈이 원수다.

"에이, 귀찮아……."

아직 잠의 여운이 있는 상태의 태령은 짧은 불평을 하고는 서둘러 샤워장으로 갔다.

그렇게 10분 정도가 흘렀을까?

물기가 촉촉한 머리카락을 대충대충 수건으로 닦아내며 방으로 들어온 태령은 책상 밑으로 쑤셔 넣은 쇼핑백들을 발로 끄집어내었다.

마계에서 얻은 버릇 중에 하나다.

웬만한 일들은 모두 아랫것들이 다 알아서 해결하니 태령이 직접 움직일 필요가 없었기에 생긴 버릇이다.

작은 일들은 정말 귀찮아하는 버릇.

예전이라면 하루에 한 번씩 시간이 날 때마다 고시원의 바닥을 청소했었을 정도로 결벽증에 가까운 성격을 지녔던 태령이었지만, 마계에서 살아남기 위해 발버둥치는 동안 그런 버릇은 씻은 듯이 사라졌다.

하루하루가 숨을 쉬고 음식을 섭취하고 살아가기 바쁜데 입가에 묻은 피를 닦을 시간이 어디 있으며 피가 묻은 채 말라붙어서 떡이 진 머리카락에 불평할 시간이 어디 있겠는가?

그래서 머리카락도 일부러 짧게 한 것이 아닌가?

길어봤자 관리하기만 귀찮기에 과감하게 잘라내어 버린 태령이다.

"아으, 귀찮아……."

하품을 늘어지게 한 태령은 발로 꺼낸 쇼핑백에 있는 옷을 대충 꺼내어 갈아입기 시작했다.

역시 슬림하게 디자인이 되어 있는 무난한 청바지와 위에는 반팔의 칼라티를 꺼내어 입었다.

한 세트로, 옷가게의 여직원이 추천해 주었던 것들이다 보니 같이 입으니 멋이 자연스레 난다.

고시원 방문에 걸린 거울을 보면서 상태를 본 태령은 만족스런 얼굴을 하고는 밖으로 나섰다.

여전히 운동화는 하나뿐이다.

검은 운동화.

누가 보면 검은색에 환장한 사람이라고 해도 과언이 아니었지만 태령에게는 너무나 편한 색이다.

피가 묻어도 티가 잘 나지 않으며 검은 옷을 입으면 상대방으로 하여금 자신의 존재감을 돋보이게 할 수가 있다.

무엇보다 상대의 피를 갈취해야 살아남을 수 있는 전쟁에서는 검은색의 옷만큼 좋은 것도 없다고 생각한 태령이었다.

그렇게 몇 십 년을 검은 색의 옷만 입다 보니 그게 가장 편하고 익숙해진 것이다.

운동화를 신고 역으로 간 태령은 고시원이 있는 건물을 나오자마자 얼마 걷지 않고 곧장 역에 도착할 수가 있었다.

방학임에도 불구하고 무거운 가방을 메고 학교로 힘없이

가는 학생들이 많았다.

출근을 하기 위해 대중교통을 이용하는 사람들의 물결에 편승해 태령은 간신히 지하철에 올라탔다.

실로 오랜만에 타는 것인지라 카드를 사고 충전을 하는 데에 꽤나 애를 먹었다.

다른 사람이 하는 것을 보고 따라 하기 위해 옆사람을 힐끔힐끔 쳐다보다가 변태 취급을 받기도 했다.

그렇게 우여곡절 끝에 지하철에 올라탄 태령은 온갖 사람들의 속에 갇힌 상태였다.

마치 시루 속의 콩나물처럼 지하철이 움직일 때마다 이리저리 흔들리는 사람들.

처음에는 아무렇지도 않았던 태령이지만 이내 그 불쾌함에 절로 인상이 찡그려졌다.

'지하철을 타고 있으면 얼마 안 가 사람들이 많이 내리겠지…….'

이런 태령의 생각은 태령의 착각이었다.

점점 불어나는 사람들과 종내에는 억센 아주머니들의 대시 공격으로 여기저기서 탄성들이 터져 나왔다.

"아, 아줌마! 밀지 좀 마요!"

"뭐야! 나는 그럼 출근하지 말라는 거야?"

다른 사람들에게 피해까지 줘가면서 억지로 올라탄 아주

머니에게 한소리 하는 아저씨를 날카롭게 째려보는 눈에서 살기가 느껴진다.

'아줌마들은 건드리면 안 되겠구나……'

그 서슬 퍼런 눈빛에 아저씨와 태령은 조용히 입을 다물고 말았다.

그렇게 일이 있고 나서 더욱 심해진 부대낌에 태령은 더 심기가 불편해졌다.

게다가 왠지 태령의 앞에 있는 여자가 자꾸 얼굴을 붉히고 있다.

태령의 입장에서는 이상한 여자로 보였지만 객관적으로 봤을 때 당연한 일이었다.

눈앞에 잘생긴 남자가 있고 사람들에 의해서 앞으로 몸이 밀리면서 남자의 가슴에 기대고 있는 장면이 연출되고 있다.

얼굴만 잘생긴 것도 아니다.

겉으로 보기에는 마른 편은 아니지만 그렇다고 근육들이 많아 보이지도 않았는데, 본의 아니게 기대게 된 남자의 가슴은 튼튼을 넘어 단단하기까지 했다.

게다가 이제 보니 어깨도 평균 이상으로 넓은 것을 보니 남자의 몸이 환상적인 것을 충분히 예상할 수가 있었다.

그런 태령에게 몸을 가까이 부딪친 여자의 얼굴이 부끄러워서 빨개지는 것은 너무 당연한 것이다.

하지만 태령의 입장에서는 너무 불쾌했다.

은근히 태령의 가슴에 손을 얹고 있는 상태에서 사람들이 출렁일 때마다 손이 배로 향하는 것이 한두 번이 아니었기 때문이다.

여자의 입장에서는 자의 반 타의 반이었지만 옷 너머로 느껴지는 환상적인 몸에 더욱 부끄러워지고 있었다.

평일 같았으면 몸을 부딪치는 사람들에 짜증이 일었겠지만 오늘은 운수대통인가 보다.

'내일도 볼 수가 있으려나?

내일도 같은 자리에서 탈 생각을 하는 여자다.

그런 생각을 알 리가 없는 태령은 한창 불쾌함을 속으로 삭히다가 무언가를 발견했다.

자신에게 기대고 있는 여자가 메고 있는 가방에 은근슬쩍 접근하는 소매치기의 손을 발견한 것이다.

손에는 작은 단검이 들려 있었다.

아니, 단검이라고 하기에도 민망할 정도로 작은 나이프였다.

그때였다.

언짢은 표정으로 그 지갑을 가져가던 소매치기와 눈이 마주친 것은.

태령은 고개를 절레절레 흔들었다.

자신은 못 본 척하겠다는 뜻이었지만, 소매치기는 그렇게 알아듣지 못한 듯하다.

안 그래도 짜증 때문에 굳어진 얼굴이었는데 그 상태로 고개를 절레절레 흔드니 하지 말라는 뜻으로 보인 것이다.

소매치기의 눈빛이 사납게 변했다.

지금 그의 눈빛은 말하면 죽여 버리겠다는 뜻이 다분했다.

안 그래도 쭉 찢어진 눈을 부라리며 쳐다보고는, 가방을 찢었던 그 칼로 태령을 몰래 가리키는 것이 아닌가?

분명히 그를 가리키는 것이다.

태령은 금방 사건이 귀찮아질 것을 예감했다.

웬만하면 조용하게 다른 사건사고에 얽히지 않고 살려고 했는데, 오늘따라 일진이 안 좋은 것 같았다.

주변 사람들도 다른 사람들이 하도 많아 누가 어떤 행동을 하든 신경을 쓰지도 않았기에 그 소매치기의 행동을 아무도 알아차리지 못했다.

태령은 조금은 짜증이 일어서 진지해진 얼굴로 소매치기의 나이프를 그저 조용히 내려다보았다.

그러자 태령이 겁을 먹은 것이라 생각한 소매치기는 칼끝을 살짝 흔들었다.

내리라고 하는 것이다.

'흐흐흐흐……. 생긴 것을 보니 돈도 많아 보이는데 오늘

따라 일진이 좋네!'

　운수가 좋은 날이라고 생각한 소매치기는 금세 의기양양해졌다.

　그리고 태령의 손을 자세히 보았다.

　언제 핸드폰을 몰래 꺼내서 경찰이나 역 사무소에 신고할지 모르기 때문이다.

　소매치기는 다음 역이 가까워지자 다시 한 번 나이프의 끝을 흔들어 내리라는 무언의 암시를 주었다.

　태령의 입장에서는 다음 역에 내리라고 말하는 소매치기의 모양새에 어이가 없었지만 이내 어차피 좀 늦을 거 더 늦어버리자고 생각한 다음 역에서 내렸다.

　"이봐, 꼬맹이. 아는 사람인 척하고 저쪽까지 가자고."

　지하철에서 내린 태령의 어깨에 어깨동무를 하면서 작게 속삭인 소매치기는 태령이 아무 말도 없이 하라는 대로 하자 더욱 기세등등해졌다.

　"야, 너. 봤지?"

　으슥한 곳으로 자리를 옮긴 태령과 소매치기는 서로를 마주보고 서 있었다. 소매치기는 작은 칼을 들고 태령을 위협하고 있었다.

　어깨동무를 한 손으로 나이프를 작게 빼내어 태령의 목에 겨눈 상태였다.

그 각도가 너무나 절묘해서 다른 사람이 보기에는 그저 친구인가? 라는 생각이 들 정도였다.

소매치기의 표정 연기도 대단했다.

누가 봐도 절친한 친구를 만난 표정이다.

물론 겉으로 보기에는 나이 차가 심하게 나 보이기는 하지만 말이다.

소매치기는 활짝 웃고 앞으로 걸어가다가 아무 말도 없이 자신을 따라오는 태령을 힐끔 쳐다보았다.

아무 말도 없는 것을 보니 아무래도 경직될 정도로 겁을 집어먹은 것 같다.

이럴 때는 그냥 돈을 뺏고 돌려보내는 것이 가장 합리적인 방법임을 아는 소매치기는 태령의 돈만 빼앗기로 했다.

앞으로 걸어가던 소매치기는 공중전화 박스가 있는 작은 틈으로 태령을 밀어 넣었다.

그러자 교묘하게 시선이 차단되어 안에서는 사람들이 안 보이고 밖에서도 사람들이 태령과 소매치기의 모습을 발견할 수가 없었다.

칼끝을 자신에게 향한 채 위협을 가하고 있는 소매치기를 무심하게 바라보는 태령.

그 모습을 겁을 먹었다고 생각한 소매치기는 기분이 좋았다.

자신을 항상 우습게 보던 사회에서 지금 이 순간 자신은 강자가 된 것이다.

더욱 의기양양해져서 자신감이 충만해진 소매치기는 작은 미소까지 띄우면서 태령을 위협했다.

"안 봤으면 이런 일도 없잖아~ 이게 다 네 운이라고 생각하라고. 이봐, 지갑 꺼내 봐."

나이프 끝으로 태령의 배를 툭툭 건드리며 말하는 소매치기를 아무 말도 없이 바라보던 태령의 입꼬리가 슬쩍 올라갔다.

나이프를 잡은 손을 보니 굉장히 어설프다.

이런 상태로 사람을 찌르면 분명히 자신의 손목만 상하고 상대를 제대로 죽이지도 못한다.

게다가 빈틈이 눈에 훤히 드러나 보인다.

한마디로 삼류.

아니, 삼류보다 못한 실력을 지닌 녀석이다.

태령은 소매치기를 지긋이 바라보다가 그가 주변 인기척에 공중전화 박스 밖을 이리저리 둘러볼 때 손을 움직였다.

휘익— 탁!

순간적으로 태령의 팔이 흔들리고 소매치기는 흠칫 놀라 뒷걸음질 쳤다.

방금 뭔 짓을 했는지 몰라도 눈에 보이지도 않았다.

다만 소리만 났을 뿐.

그리고 순간 허전한 자신의 손을 바라보았다.

아까까지만 해도 자신의 손안에 있던 나이프가 자신의 손을 떠나 태령에게 가 있었다.

"꺼져. 시간 빼앗지 말고."

태령의 차가운 말과 함께 눈에서 폭사되는 살기와 광기.

평범한 사람이기에 태령은 본격적으로 사용하지 않고 옅게 마력을 두른 정도였다.

극히 미미한 양의 마력이었지만, 그 정도로도 소매치기의 약하디약한 정신에 충격을 주기에는 충분했다.

"으아아아……."

소매치기는 뒷걸음질 치다가 주저앉고 말았다.

"다시 한 번 눈에 띄면 넌 죽는다. 더 이상 귀찮게 하지 말고 사라져."

태령의 말에 소매치기는 급히 자리를 뜨며 정신을 차리고 소리쳤다.

"너! 이 개새끼! 나중에 넌 죽었어!"

마지막까지 정신 못 차리고 태령에게 저주를 하고는 도망치는 소매치기.

마침 지하철이 출발해서 사람들이 별로 없는 상황이었기에 다행이었다.

아침 출근 시간도 어느 정도 지난 뒤라 플랫폼에 사람도 별로 없었다. 때문에 갑자기 튀어나오며 상욕을 퍼붓는 한 남자에게 몰리는 시선은 그리 많지 않았다.

허겁지겁 도망치는 소매치기의 뒷모습을 잠깐 바라본 태령은 이내 전화박스를 나와 아무도 줄서 있지 않은 곳에 섰다.

얼마 뒤에 아까보다 비교적 한산한 지하철이 도착했다.

*   *   *

"좀 늦어버렸네……."

약속 시간이 아침 9시였다.

지금은 9시 10분.

약간 늦은 시간이었지만 이미 출구에는 사람들이 하나도 없었다.

다른 아르바이트생도 있다고 들었는데 안 보이는 것을 봐서는 이미 아르바이트 하는 곳으로 출발을 한 모양이다.

"그냥 가야 하는 건가?"

같이 갈 사람들이 전부 떠났다면 오늘 아르바이트는 끝난 것과 같다.

게다가 찾아가지도 못하니 이건 어찌할 방법도 없었다.

“돌아가야겠네……. 에이! 아르바이트 쫑쳤네! 내 아까운 교통비.”

태령이 아무도 없는 대곡역의 출구에서 혼자 외치고는 다시 지하철을 타기 위해 계단으로 갈 때였다.

“아르바이트 오신 분이세요?”

뒤에서 누군가가 말을 걸어왔다.

돌아보니 척 보기에도 체격이 좋은 사람이 작은 가방을 들고 서 있었다.

뼈대도 굵은 것이 힘 좀 쓰게 생겼다.

“네. 아르바이트생이세요?”

설마 하면서 물어보는 태령.

“아니요. 저는 직원입니다. 늦으셔서 집에 돌아가려고 하시는 것 같은데, 저랑 같이 가시죠.”

직원의 말에 태령은 환하게 웃었다.

날릴 뻔했던 아르바이트를 다시 할 수 있게 된 것이다.

출구를 나와 직원이라고 한 남자를 따라 걷던 태령은 가는 동안에 여러 가지 이야기를 들을 수가 있었다.

“아르바이트 오시는 분들 보면 다들 이런 일이 처음이니까 사장님한테 잘 보이겠다고 처음부터 무리해서 열심히 하는데 그렇게 하지 마세요.”

“왜요?”

"처음에 열심히 하고 나중에 힘없어서 축 늘어지는 것보다
처음부터 천천히 오랫동안 꾸준히 하는 게 훨씬 일의 효율에
좋으니까요."

그 밖에도 이런저런 일의 종류나 방법에 대한 설명을 들었
다.

설명이 끝날 무렵에 태령은 금세 아르바이트 현장에 도착
할 수가 있었다.

직원이라고 했던 남자는 먼저 간다는 말과 함께 후다닥 뛰
어갔다.

"그럼 저 먼저 들어가 볼게요. 늦어서 죄송합니다!"

넉살스러운 웃음을 남겨놓고 남자가 현장 안으로 사라졌
다. 남자가 현장으로 들어가자 태령도 얼른 아르바이트 관리
담당을 찾았다.

아직 일을 시작하지 않았는지 한쪽에 아르바이트생으로
보이는 사람들이 모여 있었다.

태령까지 가니 그 수가 다섯 명이다.

짝짝!

"자자! 이제 나머지 한 명도 왔으니까 일 시작합시다!"

아르바이트생 관리 담당이 박수와 함께 소리를 치자 주변
사람들의 시선이 그리로 쏠렸다.

"여기서 장갑 하나씩 받아서 가지고 저 따라오세요!"

다른 직원이 꺼내 놓은 장갑들을 한 짝씩 챙긴 아르바이트
생들이 관리 담당을 따라 다른 작업장으로 이동했다.

방금 있던 곳을 지나 길을 따라 위로 올라가자 창고가 하나
나왔다.

자물쇠로 굳게 닫힌 문을 열쇠로 열자 창고 안에 가득하게
쌓여 있는 무수한 의자들이 보였다.

"자자, 이 의자들을 하나씩 들고 저를 따라오세요."

관리 담당은 이런 일이 익숙한지 양손에 하나씩 의자를 들
었다. 가뿐히 드는 그 모습에 아르바이트생들도 똑같이 들려
고 하다가, 그들의 생각만큼 쉽지 않음을 깨달았다.

"뭐 이렇게 무거워?"

"아우, 안 되겠다. 하나씩 들어야겠어."

의자는 예상보다 훨씬 무거웠다. 관리 담당의 힘이 보통이
아닌 것이었다. 결국 아르바이트생들은 하나씩만 들고 뒤를
따랐다.

하지만 태령은 달랐다. 그는 아무렇지 않게 양손에 의자를
번쩍 들었다.

태령에게는 무게조차 느껴지지 않는 의자였다. 때문에 다
른 사람들이 시간이 갈수록 땀범벅이 되어갈 때, 태령은 땀
한 방울 흘리지 않고 있었다. 거기다 처음과 속도도 전혀 달
라지지 않았다.

땀으로 범벅이 된 사람들의 눈에는 땀방울 하나 흘리지 않는 태령이 얄밉게 보였다.

왠지 자신들이 손해를 보고 있는 느낌이었다.

어쩌면 자신들이 일하고 있을 때 창고 안에서 몰래 숨어서 쉬고 있는지도 모른다.

그런 아르바이트생들의 의심의 시선이 태령에게 쏠렸다.

그들이 무슨 생각으로 자신을 바라보는지 어느 정도 짐작하는 태령이었지만 그래도 내색하지 않았다.

그저 자신은 지금껏 해온 것처럼 쉬지 않고 천천히 의자를 나르면 된다.

태령의 태도는 전혀 변화가 없었다.

다른 사람들은 한참 태령을 감시했지만 기계처럼 쉬지 않고 의자를 나르는 태령이 괴물처럼 보였다.

그런 태령의 활약 덕에 창고 안에 가득 차 있던 의자는 어느새 반밖에 남지 않았다. 어쩌면 하루 종일 해야 할지도 모를 일을 두 시간 조금 넘는 시간 만에 반이나 한 것이다.

편의점 점장의 친구인 이곳 사장은 점장이 그렇게 칭찬하던 학생 태령을 보기 위해 창고를 들렀다. 그때 의자의 양은 훨씬 더 줄어 있었다.

"벌써 이걸 이만큼이나 했어? 한 나절은 더 해야 할 텐데?"

아르바이트생들이 열심히 일하고 있구나 하고 생각하던

그의 시선에 태령이 잡혔다.

눈에 확실히 띄었다.

푹푹 찌는 더위에 다른 아르바이트생들은 뚝뚝 떨어지는 땀에 절어 있을 때 태령은 뽀송뽀송하기만 했다.

사장은 그 학생이 친구가 그렇게 칭찬하던 태령이라는 것을 깨닫고 쾌씸함을 느꼈다.

얼마나 농땡이를 피웠으면 땀 한 방울 흘리지 않는단 말인가? 다른 아르바이트생들은 저렇게 땀 흘려가며 이 많은 의자를 옮기고 있는데!

하지만 30분을 지켜보고 나서야 태령이 한 시도 쉬지 않고 계속해서 천천히 의자를 나르고 있다는 것을 알게 되었다.

원래 땀을 안 흘리는 체질이라고 생각한 사장은 주변 사람들이 조금씩 쉬면서 일하는 도중에도 묵묵히 일하는 태령의 모습을 보고 크게 흡족했다.

'녀석, 어린 나이에 대단하네! 군필자들도 힘들어하는 일인데……. 이따가 일당 좀 넉넉히 넣어줘야지.'

태령이 들었으면 신나서 한 손에 의자 두 개씩 들고 날아다닐 말을 속으로 한 사장은 이내 자리를 떴다.

사장이 사라진 지 얼마 안 돼서 점심시간이 되었다.

"자자, 점심시간이에요! 저 따라서 식당으로 갈게요!"

아까부터 안 보이던 관리 담당이 땀으로 범벅이 된 채 나타나서 아르바이트생들을 이끌고 길거리로 나왔다.

식당이라길래 이 회사에서 직접 만든 식당인 줄 알았는데 알고 보니 근처의 음식점이었다.

원래는 백반이나 찌개, 제육볶음 같은 흔한 음식을 자주 먹었지만, 열심히 일하는 태령의 모습에 크게 흡족했던 사장은 오늘 크게 한번 쏘기로 했다.

도착한 곳을 보니 삼계탕으로 유명한 곳이라고 했다.

들어갔을 때는 이미 직원이 잔뜩 와서 삼계탕을 먹고 있었다.

다들 하나같이 한 덩치를 하는 사람들이었다.

그중 한 명이 태령을 발견하고 손을 흔든다.

아까 태령을 데리고 아르바이트 현장에 갔던 사람이다.

태령도 밝은 그의 인사에 어색하게나마 손을 흔들어 답례하고 다른 방으로 들어갔다.

식사는 금세 끝났다.

오랜만에 먹는 삼계탕은 태령이 의식하기도 전에 손에서 입으로, 입에서 위로 넘어갔다.

금세 국물까지 한 방울도 안 남기고 다 먹은 태령이 자리에서 일어서자 사장이 그를 찾아왔다.

"네가 태령이 맞지?"

다정한 말로 말을 거는 사장. 태령도 그가 누군지 알아봤다.

"네. 안녕하세요."

태령의 인사에 사장은 흡족한 미소를 지으며 등을 쓸어주었다.

"오늘 일 열심히 하던데? 그 친구가 사람 보는 눈이 있었구만!"

"감사합니다."

태령이 적당히 쑥스럽다는 듯이 웃어주자 사장은 더욱 기분이 좋았다.

예절까지 바른 학생이었던 것이다.

"하하하! 이렇게 잘생긴 줄 알았으면 내 딸이라도 소개해 주는 건데 말이야!"

호탕하게 웃는 사장 때문에 또 다시 시선이 쏠린다.

태령은 어색하게 웃고는 밖으로 나왔다.

식당 밖은 코를 찌르는 담배냄새로 가득했다. 태령은 인상을 확 찡그렸다.

식사를 모두 끝낸 사람 중에 흡연자들이 나와서 예의 '식후땡' 이라고 하는 시간을 보내고 있었다.

그 수도 꽤나 돼서 식당 앞은 여름날의 햇볕이 쨍쨍 내리쬐는데도 담배연기가 자욱해 안개가 낀 것 같았다.

다른 사람들도 식사가 끝나 모두 나오자 다시 아르바이트 현장으로 돌아왔다.

식사 후 30분 정도를 쉬고 나자 1시 30분이 되었다.

"다시 일 시작할게요! 사장님이 오늘은 5시에 끝내주신대요!"

원래 종료 시간이 6시인 것을 보면 한 시간이나 빨리 끝나는 것이다.

태령은 기분이 좋아짐을 느끼며 다시 일을 시작했다.

사람들도 삼계탕을 먹고 힘이 펄펄 나는지 창고를 가득히 메우고 있던 의자들을 금세 모두 비워 버렸다.

그렇게 배당된 일들이 끝나자 관리 담당이 또 아르바이트생들을 데리고 다른 일을 하러 갔다.

다른 창고에는 수십 개의 캐비닛이 쌓여 있었다.

한 눈에 척 보아도 그 무게가 꽤나 나갈 것 같은 캐비닛들.

겹겹이 쌓인 캐비닛들을 언제 치우나 하는 생각에 한숨을 내뱉는 다른 아르바이트생들과는 달리 태령의 얼굴에는 전혀 걱정이 없었다.

솔직히 자신이 마음만 먹으면 이런 건 금방금방 나를 수 있다.

하지만 다른 사람들의 시선을 신경 쓰느라 능력을 쓰지 않는 것이다.

　그저 이번에는 눈에 최대한 안 띄게 일을 하려는 생각뿐이다.

　사장의 눈에 이미 한 차례 뜨인 이상 너무 잘하는 모습을 보여주면 같은 일당을 받고도 다른 사람보다 배는 많은 일을 해야 할지도 모른다.

　그런 일을 태령이 사서 할 필요는 없었다.

　사람들이 일을 시작했다.

　둘둘씩 짝을 지어서 한 개씩 들고 이동하는데, 사람 수가 다섯이다 보니 한 명이 동떨어져서 일을 해야 했다.

　한마디로 혼자 저 큰 캐비닛을 옮겨야 하는 것이다.

　그러다 보니 아무도 태령과 일을 하려고 하지 않았다.

　의자를 나르면서 사람들이 태령이 일하는 스타일을 보았다. 일개미처럼 꾸준히 쉬지 않고 일을 한다. 그런 사람과 한 조가 되면 쉴 시간도 없이 일해야 할 것이다.

　그런 모습에 질린 사람들이 태령을 피하는 것은 당연했다.

　'실수했네. 이렇게 되면 혼자 해야 하는 건가?'

　관리 담당은 이미 다른 곳으로 가버렸다. 사람들은 태령의 의견은 묻지 않고 둘씩 짝은 지어 캐비닛을 낑낑거리며 옮기고 있었다.

　멍하니 서 있던 태령은 한숨을 깊게 내쉬고는 캐비닛들이 쌓여 있는 곳으로 천천히 걸어갔다.

　속으로 쓴웃음을 지으면서도 그는 천천히 캐비닛을 등으로 짊어졌다.

　아까 의자를 나를 때 다른 아저씨들이 냉장고를 나르는 것을 보고 배운 것이다.

　한 사람이 등으로 냉장고를 받치고, 손은 밑을 들고 허리를 숙여 무게를 분산시킨다.

　그리고 조심스럽게 무게중심을 맞춰가며 빠르게 이동한다.

　다른 사람들이 보기에는 그냥 하는 일 같아 보이지만 태령은 한눈에 그들이 하는 일의 전문성을 꿰뚫어 보았다,

　"노가다라고 우습게 보면 안 되겠네. 이런 훈련은 다리 근력하고 무게중심 잡는 데 좋은 효과를 보겠어."

　태령은 보고 배운 그대로 실천하여 캐비닛을 들어 올렸다.

　그래도 오랜 시간 이렇게 일을 하게 되면, 능력을 사용하지 않는 자신의 상태라면 금방 지칠 것이라고 예상되었다. 태령은 결국 마력 소량을 자극했다.

　몸 안에 있는 마기가 꿈틀거렸다.

　태령의 의지에 따라 아주 미미한 마력이 태령의 손과 팔의 근육에 스며들었다.

　마력의 영향으로 강화된 근육.

　손에 아주 희미한 검은 기운이 흐르기 시작했다.

다른 사람들이 볼 수 없을 정도로 옅고 희미한 기운이지만,
태령의 몸을 짓누르던 캐비닛의 무게가 많이 가벼워졌다,

순수한 태령의 마력은 그 양에 비해 효율이 굉장히 좋았다.

"와……! 저 사람 뭐지? 힘이 장난이 아닌데?"

"대단한데?! 저걸 무슨 나무판자 들듯이 하는구먼!"

캐비닛을 들고 사뿐히 걸어가는 태령의 모습에 직원들이
고 아르바이트생이고 모두 감탄사를 뱉어냈다.

의자 창고에 이어서 캐비닛 창고에서도 태령의 활약은 눈
이 부셨다.

그리고 얼마 안 가 산처럼 쌓여 있던 캐비닛도 의자처럼 모
두 동이 나버렸다.

쉬는 시간이 되었다.

모두들 고단한 일 중간의 달콤한 담배 타임을 가지러 갔지
만 태령은 혼자 남아 있었다.

담배를 피우지 않는 것도 있었고 익숙하지 않은 사람과의
의사소통이 버거운 점도 있었다.

그렇게 태령이 혼자 앉아 휴식을 취하고 있을 때 옆으로 와
말을 건네는 사람이 있었다.

겉으로 보기에는 태령과 동갑 정도로 보이는 남자였다.

"아까 보니까 힘이 대단하시던데요? 운동 하시나 봐요."

"아, 네."

갑작스런 질문이라 당황하기는 했지만 태령은 이내 무관심해졌다.

어차피 오랫동안 볼 사람도 아니고, 이미 혼자서 일을 하기로 마음먹은 상태인데 이제 와서 다른 아르바이트생과 안면을 트고 싶지는 않았다.

그래서 태령은 자신에게 말을 거는 사람을 힐끗 보고는 다시 무관심한 태도로 돌아갔다.

그런 태령의 태도가 자신을 무시한다고 생각했는지 그는 살짝 굳은 얼굴로 도로 사라졌다. 이내 아까 자신과 일했던 사람들 곁으로 가 태령의 뒷담화를 시작했다.

욕설도 흘러나오는 것이, 태령이 한 일의 양에 비해 자신들이 부족해 일을 안 한 것처럼 비춰질 것이라 생각한 모양이다.

태령은 그런 그들을 보고는 작게 중얼거렸다.

"멍청하기는."

태령의 귀에는 그들의 뒷담화가 똑똑히 들렸다. 그래도 태령은 신경을 끄기로 했다.

자신은 자신의 일만 하면 된다.

알지도 못하는 다른 사람들이 뭐라고 떠들든 자신은 자신의 일만 하면 되는 것이다.

태령이 원하는 것은 친구들과의 평화로운 삶이다.

그러다 보니 새사람을 사귀는 경우가 드물었다.

의식해서 그러는 것은 아니지만, 정말 소중하다고 생각되는 사람이 아니라면 선을 긋는 태령의 성격이 한몫하는 것은 분명했다. 지금도 그와 비슷한 경우였다.

"이제 다시 일 시작할게요. 얼마 안 남았으니 힘내세요! 이것만 끝내면 오늘 일 끝이에요!"

관리 담당의 외침이 들리자 태령을 제외한 다른 아르바이트생들의 얼굴이 환해졌다.

그리고는 그들이 은근히 태령을 바라보았다.

일이 빨리 마치려면 태령이 열심히 해줘야 함을 그들도 알고 있었다. 뒤에서 욕을 하다가 막상 필요해지니 노골적으로 욕망을 드러내는 것이다.

그런 모습이 역겨운 태령은 골려줄 생각으로 일부러 더 천천히 해야겠다고 생각했다.

그렇게 짧은 쉬는 시간이 끝나고 태령을 다시 일을 시작했다.

여전히 두 사람 몫의 일을 혼자서 거뜬히 해내는 모습은 꾸준히 다른 사람의 이목을 끌었다.

뿐만 아니라 소파든 장롱이든 혼자서 다른 사람들보다도 빨리 나르는 그의 모습은 꽤나 인상적이었다.

일을 모두 끝나고 나니 정확히 다섯 시였다.

단 일 분의 오차도 허용하지 않는 시간이었다. 태령으로서는 천천히 일을 한 것이었는데, 그럼에도 빨랐던 것이다.

일이 끝난 뒤 관리 담당은 아르바이트생들을 이끌고 사장이 있는 사무실로 데리고 갔다.

태령은 그 사이에 끼고 싶지 않아 일부러 늦게 움직여 맨 뒤에 섰다.

이제 그 자리에서 보수를 받고 집으로 가면 끝이다.

"다들 수고하셨습니다. 오늘 일당입니다."

사장이 직접 나서 아르바이트생에게 일당을 나눠주었다.

다른 사람들이 다 하얀 봉투에 담긴 보수를 받고 삼삼오오 모여서 집으로 돌아갈 때, 태령은 여전히 혼자서 자신의 차례를 기다리고 있었다.

이내 태령을 뺀 나머지 사람들이 모두 귀가하고 드디어 태령의 차례가 되었다.

"오늘 일하는 걸 보고 다른 사람들보다 더 챙겨 넣었어."

사장이 태령에게 하얀 돈 봉투를 건네주면서 어깨를 두드렸다.

확실히 다른 사람들이 받는 것보다도 좀 더 두꺼워 보인다.

아무 말 없이 봉투를 받아 열어본 태령은 10만 원이나 되는 돈에 깜짝 놀랐다.

"원래 일당이 5만 원 아니었던가요?"

두 배나 되는 일당을 받으니 그만큼 당황하기도 한 것이다.

물론 당황한 것은 잠시고 너무나 기뻤다.

생각도 하지 못했던 돈이 굴러들어오는 것이 너무나 기분이 좋았던 덕이다.

"그야 학생이 다른 사람들보다 두 배는 일을 했으니까 그렇지. 대신 자주 나와주게. 내일도 나올 수 있겠지?"

"당분간은 매일 나올 수 있을 것 같아요."

돈 봉투를 고이접어 뒷주머니에 넣은 태령은 내일도 이 시간에 나올 것을 약속하고 즐겁게 귀가했다.

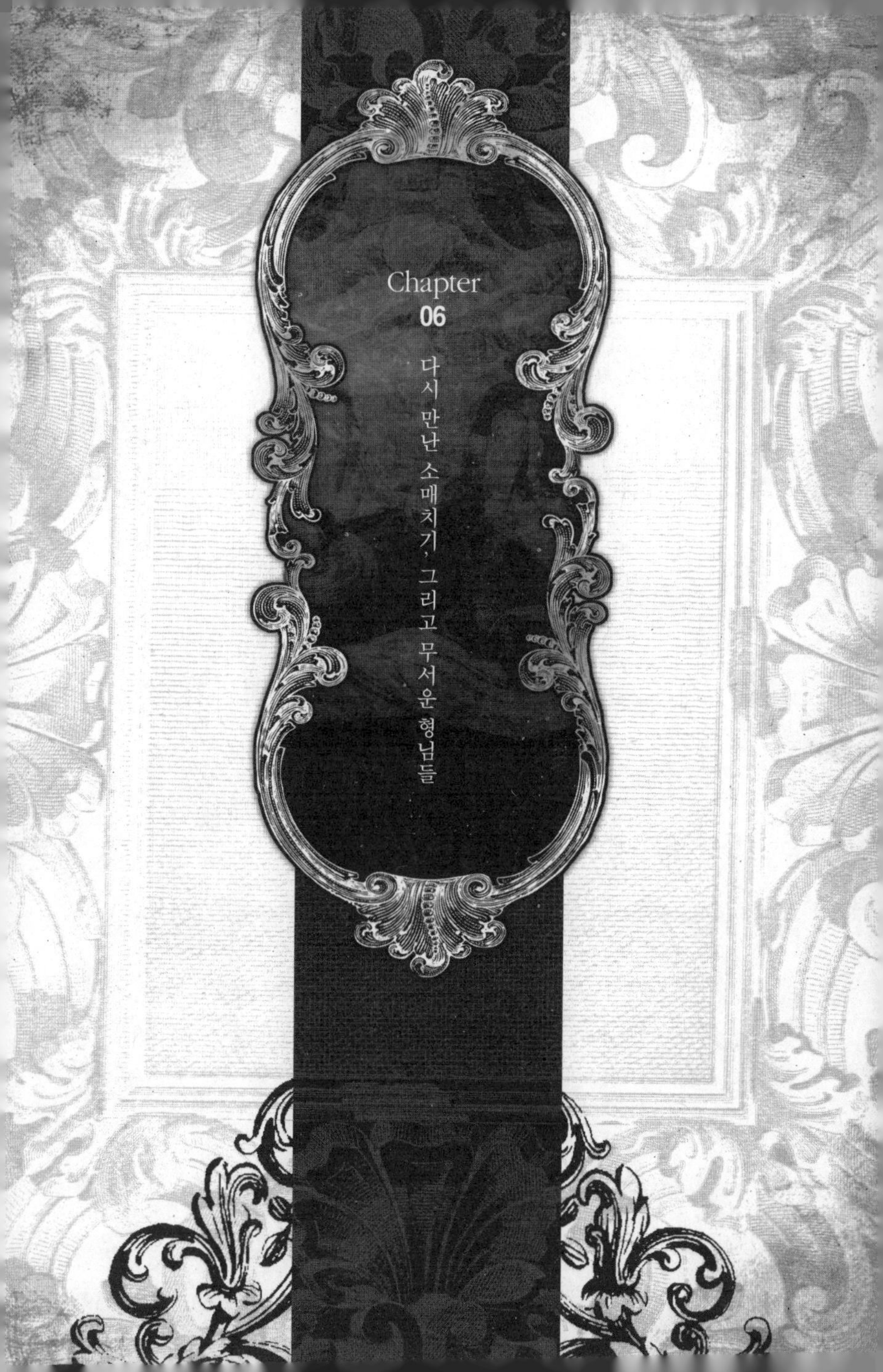

Chapter
06

다시 만난 소매치기, 그리고 무서운 형님들

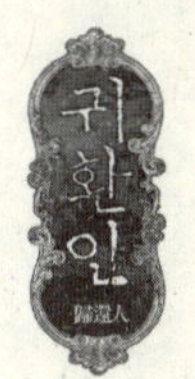

　태령이 가구를 옮기는 아르바이트를 한 지 벌써 10일이 넘어갔다.

　10일 동안 태령은 아르바이트를 하면서 예상외로 많은 돈을 벌었다.

　첫날 태령이 일하는 것을 본 사장이 그 다음 날부터 아르바이트생을 두 명만 불렀고 태령의 일당은 10만 원으로 맞춰졌다.

　물론 일의 진행 속도는 다섯 명이 하는 것과 같았다.

　사장의 입장에서는 흡족한 일이었다.

적은 인력으로 예전과 같은 속도로 일이 끝나니 사장의 입
장에서는 돈을 많이 남길 수 있는 것이다.

물론 태령도 다른 아르바이트생의 두 배나 되는 일당을 받
으며 일했으니 좋았다.

게다가 그다지 힘들지도 않고 점심까지 제공해 주니 금상
첨화였다.

다만 아침마다 겪는 출근 시간 지하철의 지옥은 그대로였
지만 말이다.

여전히 부대끼고 사람들 사이에 끼어서 가는 지하철 안.

시루 속 콩나물 같은 사람들 틈에서 매일 같이 짜증이 일기
는 했지만, 그것도 그날 저녁에 다른 사람보다 훨씬 두툼한
흰 봉투를 보고는 싹 풀리곤 했다.

게다가 어떤 날은 1, 2만 원씩 더 넣어서 주는 날도 있었으
니 태령은 이 아르바이트가 매우 좋았다.

그렇게 14일 동안 150만 원을 번 태령은 그 돈을 고스란히
통장에 차곡차곡 쌓아두었다.

대략 250만 원 정도가 쌓인 통장을 보면 흐뭇해지는 태령
이다.

마계에서 사치에 가까운 생활을 몇 십 년 동안 이어온 태령
이었지만 지구 귀환 후 다시 나타난 자린고비 본성은 날로 강
해졌다. 지금은 완벽히 재각성한 상태였다.

　지하철비조차 아끼려고 은신술로 역내 CCTV까지 속이며
무임승차하는 정도였다.

　덜컹덜컹.

　집으로 돌아가는 지하철 안.

　오늘은 한 시간 반 정도 일찍 끝났기에 기분은 좋은 태령이
다.

　게다가 일을 빨리 끝냈다고 수고비로 이번에는 추가 수당
3만 원까지 얹어서 받았다.

　태령은 아공간 속에 넣어둔 일당 봉투를 떠올리며 흐뭇한
미소를 지었다.

　첫날 멋도 모르고 뒷주머니에 일당이 담긴 봉투를 넣었다
가 소매치기가 훔쳐 가려는 것을 제압했던 태령은 그 다음부
터 봉투를 마왕에게서 선물받은 작은 아공간에 넣어놓고 다
녔다.

　지갑도 아공간에 넣어두었다.

　선물로 받긴 했지만 쓸 일이 거의 없었던 아공간이었다.

　그 크기도 작아서 작은 가구가 들어가면 그 용량이 가득 찰
정도였지만, 마왕이 아공간을 선물할 때 그 안에 마계 최고의
금속인 아다만티움을 가득 넣어서 주었기에 별 불만도 없었
다.

　일종의 포장 상자와 같은 개념으로 생각했던 태령이다.

같은 무게의 황금의 천 배 가치에 달하는 아다만티움의 양에 정신이 팔려 아공간 자체의 귀중함과 희귀성에 대해서는 잊고 있었던 것이다.

그러다가 기억을 해낸 태령은 그곳을 가방처럼 사용하고 있었다.

만약에 아공간은 직접 선물해 준 마왕이 이 사실을 알고 있었더라면 태령을 무식하다고 볼 정도로 어이없는 행동이었다.

아공간이라는 것은 새롭게 만들어낸 작은 공간이다.

공간을 만들 정도의 마력과 섬세한 기술이 없다면 시도조차 하기 힘든 것이 바로 아공간이었던 것이다.

만들 수 있는 존재가 있다면 드래곤 로드나 마왕 정도가 다일 만큼이었다.

그런 만큼 아공간의 희소성은 극에 달했고 돈을 주고도 살 수가 없는 극히 특별한 아이템이었던 것이다.

물론 마왕이 태령에게 선물한 아다만티움은 일종의 덤이었다.

아다만티움이라는 금속이 워낙에 비싼 물건이기는 하지만 아공간에 비할 바는 아니었다.

그곳에는 통장과 지갑, 그리고 마계에서 올 때 입고 있었던 검은 정장과 구두, 그리고 마지막으로 비상금인 금덩이들이 들어 있었다.

태령은 아공간에 있는 자신의 통장을 상상하며 기분 좋게 웃었다.

볼 때마다 흐뭇해지는 금액이다.

예전의 자신이라면 한 달을 일하고 아끼고 아껴서 돈을 조금씩 모으는 것이 다였지만 지금은 금방금방 모이고 있었다.

태령의 입장에서는 확실히 변화된 생활이 만족스러웠다.

"그러고 보니 오늘 친구들이랑 당구장을 가기로 한 날이었지?"

처음 친구들과 당구장을 간 이후로 태령은 당구에 제법 심취해 있었다. 매일같이는 아니지만 일하는 틈틈이 친구들과 자주 가서, 지금은 그 근처 당구 마니아들에게 제법 유명해진 상태였다.

마계에서 기른 오감, 시뮬레이션 능력 등을 이용하는 태령에게 당구란 결코 어려운 스포츠가 아니었다.

오늘도 일과 학교가 끝난 후 당구장에 가기로 했기 때문에 태령은 그 시간을 기다리고 있었다. 그런 그에게 유하의 문자가 날아왔다.

아아! 우리는 끝나기 30분 전! 그곳은 어떤가? 조속한 대답 요망.

태령은 빠르게 엄지손가락을 놀려서 답장을 보내었다.

처음에는 버벅거리기도 하고 오타도 많이 났었지만, 엄청난 적응력으로 30분 만에 안 보고 쓸 정도로 실력이 향상되었다.

금방 도착할 것 같아. 6시 전까진 학교 앞에 도착 할 수 있을 듯. 끝나면 전화해.

문자 전송 버튼을 누른 태령은 다시 핸드폰을 주머니에 찔러 넣고 뒷주머니에서 작은 책자를 꺼내었다.

영어 단어! 당신도 나만큼 할 수 있다!

제목에서 묘하게 광오함이 묻어나는 영어단어집이다.

이곳으로 돌아온 지 얼마 안 되었을 때 태령에게 버릇없이 굴다가 호되게 혼났던 후배의 물건이었다.

1학년 5반 김형석.

표지에 정성스레 적힌 이름. 태령은 그날 겁에 질려 바들바들 떨다가 힘이 풀린 다리 때문에 넘어지면서도 도망가던 형석의 모습을 기억해 내었다.

한심스런 녀석이었다.

주인이 그 모양이라서 영어단어집을 주워 놓고도 태령은 그다지 관심을 주지 않았다.

하지만 3일 전에 문득 기억해 내고, 생각날 때마다 영어단어집을 읽으며 단어를 외우기 시작했다.

일도 끝나고 당구도 치러 가지 않는 남는 시간을 그렇게 활용하고 있었다. 텔레비전에는 그다지 흥미가 없고, 쓸데없이 나가봤자 돈만 쓰게 되니 책이라도 읽자고 생각한 것이다.

그렇게 생각하고 책상을 보니 깨끗하다.

책은커녕 종이 쪼가리도 없는 황무지 같은 책상.

"내가 이렇게 공부를 싫어하는 놈이었나?"

사실 태령은 공부를 못했다.

아니, 안했다고 보는 편이 맞을 것이다.

혼자서 모든 일을 해야 하는 태령이다.

빨래를 대신 해줄 사람도, 돈을 벌어주는 사람도, 집안일을 해주는 사람도 없다.

모든 일을 태령 혼자서 해야 한다.

살기 바쁜 시간에 책을 읽는다?

그것은 스스로에게 나태한 사람들의 도피라고 생각했던 태령이다.

책 한 자 볼 시간에 차라리 밖에 나가서 바코드를 한 번 더 찍고 노가다 한 삽을 더 파낸다.

공부하기 싫다고 투정부리는 것은 사치다.

자습서를 살 돈도 아까운 태령인데 책상에 책들이 펼쳐져 있겠는가?

그가 가지고 있는 책은 예전에 재명의 집에서 가져온 재테크나 주식에 관련된 책 네 권이 다였다.

아직 재테크에 관심을 가질 나이도 아니었고 주식은 생각도 못했지만, 그래도 나중에 필요할 것 같아서 가져온 책들이다.

펼쳐 보면 머리 아픈 이야기들이 가득할 책들이었기에 태령은 가볍게 무시하고 문득 눈에 띈 영어단어집을 주워 들었다.

2,500단어가 수록되어 있다고 하는 미니 영어단어집.

손바닥만 한 크기였지만 영어를 읽고 그 뜻을 이해하는 데 별다른 어려움도 없었다.

게다가 영어단어 밑에 실생활 지문도 있으니 영어단어를 외우면서 실력을 키우기에는 아주 좋은 단어집이었다.

물론 태령이 그런 사실을 알고 외우기 시작한 것은 아니었지만 이내 하루하루 일취월장하는 실력에 감탄하게 되었다.

고도의 정신력과 그에 따른 엄청난 이해도. 마치 망망대해처럼 펼쳐진 기억력은 단순히 보는 것만으로도 외워졌고 뇌리에 새겨진 듯 잊히지도 않았다.

물론 이왕 하는 거 제대로 하자는 취지에서 마력을 소량 사용하기도 했다.

그 덕에 이 정도의 기억력을 지닌 것이겠지만 말이다.

그렇게 사흘을 공부한 결과 이미 영어단어집에 나온 2,500단어는 이미 태령의 뇌리에 빼곡이 아로새겨졌다.

눈을 감고 줄줄 읊을 수 있는 수준까지 외워 버린 것이다.

지금 태령이 외우고 있는 것은 단어집에 나온 예시다.

실생활에서 단어가 이렇게 쓰인다고 나온 예를 통째로 외워 버린 태령.

괴물 같은 정신력을 지닌 태령이었기에 가능할 것이다.

그리고 한번 시작한 일은 최대한의 성과를 끌어내고 마무리 짓자는 태령의 신조도 한몫했다.

고시원 근처의 역까지 가는 데에 걸리는 시간은 앞으로 삼십 분 정도다.

그 정도면 남아 있는 300개의 예시를 볼 수 있다고 판단한 태령은 오늘 중으로 단어집을 통째로 외울 생각을 하고 있었다.

대한민국의 평범한 고3 수능생이 알았다면 입에 거품을 물고 쓰러질 일이었지만 태령에게는 당연한 일이었다.

―이번 역은…….

30분쯤 흘렀을까. 단어집에 고도로 집중하고 있던 태령의 귀에 안내방송이 들렸다. 그는 눈을 안내판으로 옮겼다.

그새 목적지에 도착한 것이다.

태령은 일단 내려서 고시원으로 갔다.

할아버지에게 인사를 하고 들어간 태령은 먼지가 묻은 옷을 갈아입고 밖으로 나와 우형고등학교로 향했다.

*　　*　　*

웬만한 학원도 끝나는 시간. 학생들이 축 늘어진 몸을 이끌고 돌아가는 밤거리의 햄버거 가게에서 한 무리의 학생이 왁자지껄 떠들고 있다.

태령과 친구들이었다.

"너 지금 뭐라고 시부렸냐, 근육돼지?"

"켁켁! 태령아, 살려줘!"

"야야, 조용히 좀 해."

잔뜩 장난질을 하면서 기분 좋게 웃고 떠드는 태령과 친구들은 주위에 피해가 간다는 지선의 말에 찔끔했다.

언제나 유하와 재명의 장난이 도를 넘어서면 깔끔하게 잘라내는 지선.

"그만들 하지? 여기 다른 사람들도 많은데 민폐를 끼칠 필요는 없잖아."

지선의 말에 유하와 재명은 주변을 둘러보고는 자신들을 째려보는 사람들의 시선에 뻘쭘한 듯이 자리에 앉아 딴청을 하기 시작했다.

"야, 더 먹고 싶은 거 없어? 유하 너는 있어도 말하지 마. 네가 먹은게 벌써 15,800원어치야!"

번쩍 손을 들었던 유하가 장난스런 미소를 지으며 손을 슬그머니 내린다.

재명이나 지선도 이미 상을 뒤덮고 있는 온갖 음식들의 잔재에 부른 배를 쓰다듬으면서 만족스런 표정을 지었다.

그런 그들의 모습에 태령도 만족했는지 밖으로 나가자고 했다.

평소에 지하철 교통비까지 아끼는 자린고비에 구두쇠지만 친구들과 어울리면서 쓰는 돈은 전혀 아깝지가 않았다.

게다가 자신이 햄버거 같은 비싼 인스턴트식품을 사는 것은 처음이었기에 조금 더 신이 났다고 하는 편이 맞을 것이다.

항상 얻어먹으면서 미안하기도 했었기 때문이다.

비록 지갑은 가벼워졌고 그만큼 마음도 공허해졌지만 친구들이 웃는 모습은 그보다 더욱 값졌다.

'돈이 아깝기는 하지만, 그래도 기분은 좋다!'

친구들과 이런저런 이야기를 나눈 후 각자 집으로 뿔뿔이

흩어졌다. 태령은 그들이 돌아가는 것을 지켜보다가 고시원
으로 몸을 돌렸다.

　평소 친구들을 만나러 가는 길은 사람이 잘 없는 길이다.
그래서 태령 혼자 거리를 걷는 경우가 많았다.

　하지만 오늘은 달랐다. 사람이 잘 다니지 않는 이 길에 다
섯 명의 인간의 기가 느껴진 것이다.

　자신의 기감에 그들의 위치가 매우 선명히 보인다.

　모두 꺾어지는 골목길에서 은신하고 있었다.

　태령은 그들이 자신에게 무언가 목적이 있다는 것을 알아
챘다.

　'돈을 뺏는 일진 녀석들인가?

　이미 뉴스에서 일진이라는 것에 대해서 몇 번 본 적이 있던
태령은 자신을 향해서 드러나는 적의를 보고 일진일 것이라
고 결론지었다.

　그들이 노리는 건 뻔하다. 이런 사람이 없는 길을 지나는
겉보기에 약해 보이는 학생. 태령은 뒷주머니에 든 22만 원이
라는 거금을 떠올리며 작게 이를 갈았다.

　'감히 내 돈을……. 후회하게 만들어주지.'

　태령은 살짝 치밀어 오르는 분노에 살짝 마력을 피워 올렸
다.

　그와 동시에 옅은 황금색으로 변하는 태령의 눈동자.

낮이었다면 티가 나지 않았을 테지만 밤의 거리에서는 황금안이 확실하게 보였다. 숨어 있던 놈들도 태령의 눈의 변화를 확인했다.

"형님! 저놈입니다. 저 괴상한 눈깔을 한 저자식이요."

숨어 있는 다섯 명의 장정 중에 가장 체구가 왜소한 사람이 중얼거렸다. 그는 얼마 전 지하철에서 태령을 위협했다가 호되게 당한 소매치기였다. 그 이후로 이를 갈다가 지하철에서 다시 태령을 발견하고 뒤를 밟아 여기까지 따라온 것이다.

그의 말을 들은 검은 정장 덩치들의 눈빛이 스산해졌다.

"건형 형님. 딱 봐도 비실비실해 보이는데 제가 혼자 다녀올까요?"

가장 인상이 험악해 보이는 덩치가 꿈틀대면서 당장에라도 나가려고 하자 건형은 그의 등판에 손을 올려놓고 힘으로 꾸욱 눌렀다.

"끄으……."

여타의 사람과는 판이하게 다른 건형의 힘에 덩치의 인상이 찡그려졌다.

"가만히 있어라. 몸의 균형과 발걸음을 보니 상당한 무술가다. 너희 셋이 동시에 덤벼야 승산이 있어."

냉정하게 판단하는 건형의 말에 덩치들의 얼굴에 불만이 서렸지만 아무도 함부로 나서지 않았다.

누가 감히 건형의 앞에서 불만을 표시하겠는가?

장도리 하나로 스무 명을 쓰러뜨린 전적이 있는 그 장도리 건형 앞에서 말이다.

게다가 타고난 장사인지라 그 힘도 굉장했다.

현재 주먹파에서 행동대장을 맡고 있는 건형이었다.

그의 직속 부하인 덩치들은 더욱 건형의 아래에서 기가 눌려 살 수밖에 없는 것이다.

"기다렸다가 이곳을 지나가면 기습한다. 먼저 이곳으로 끌고 와서 두들겨 패. 온몸이 노곤노곤해질 정도로."

"네, 형님!"

건형의 속삭임에 나머지 세 명의 덩치가 속삭이면서 대답했다.

그들은 자신들의 대화를 태령이 듣지 못할 것이라 생각하고 있다. 하지만 그것은 착각이었다.

태령의 기감으로는 바로 앞이나 다름없는 위치에서 자신을 언급하는데 예민한 귀가 반응하지 않을 리가 없었다.

게다가 들어보니 돈을 노리고 온 녀석들이 아니었다.

왠지 반가운 얼굴도 저 구석에 숨어 있는 듯했다.

태령은 잠시 멈춰 섰다.

"어? 멈춰 섰다!"

"시끄러, 이 자식아! 안 그래도 보이니까 닥치고 있어!"

건형이 호들갑떠는 한 명의 뒤통수를 강하게 누르면서 말하자 금세 조용해졌다.

"왠지 이 길로 가고 싶지 않은걸?"

갑작스레 길을 바꿀 것처럼 말하는 태령.

평소에는 이 길만 애용하는 것을 사전조사로 알아왔던 덩치들은 뜬금없는 태령의 변심에 당황했다.

"하지만 그래도 가야겠지? 일단 집에는 들어가야 할 테니까."

다시금 이어진 태령의 말에 덩치들은 그럼그럼이라며 고개를 끄덕였다.

"그래도 왠지 저 골목길이 음침해서 싫은데?"

'평소에는 잘 다니던 길이면서!'

건형은 지금 나갈까 했지만 그냥 참기로 했다.

"그래도 평소에 다니던 길인데 그냥 가야 하나?"

소매치기에게 얘기를 듣고 파견 명령이 떨어지고, 건형은 태령의 뒷조사를 하기 위해 그가 데리고 있는 부하 세 명을 이곳에 잠복시켰었다.

태령의 이동 경로를 알고 완전범죄를 하기 위해서다.

하지만 태령은 일, 고시원, 일, 고시원을 왔다 갔다 하는 생활을 반복했기에 점점 지쳐 갔다. 그 와중에 이삼 일에 한 번씩 친구들을 만나는 것을 알고 그 이동경로에서 기습할 작전을 짠 것이다.

만약에 지금 같이 온 소매치기가 조직에서 나름대로 관리해 주는 상납원이 아니었다면 애초에 하지도 않았을 뻘짓들이었다.

그렇게 대략 열흘간의 잠복 끝에 기회를 잡았는데, 이제 와서 갑자기 변심하려는 태령의 모습에 이를 가는 조직원들이었다.

'그냥 좀 평소처럼 행동해!'

덩치들의 이마에 핏줄이 불끈불끈 솟아났다.

"아니다. 그냥 돌아가야겠다. 오늘은 왠지 기분이 별로야."

'저런 미친! 저 새끼 정신병자 아니야?'

몸을 돌리는 태령의 모습에 좌절하는 조직원들.

건형은 태령을 가만히 바라보고 있었다.

연극이다.

자신들이 이곳에 있음을 알고 데리고 놀고 있는 것이다.

건형은 더 이상 기습이 불가능하다고 판단을 했다.

"그냥 나가서 조져."

건형의 무거운 입이 열리고 덩치들이 곧장 출격했다.

마치 성난 들소처럼 골목에서 갑자기 튀어 나와 태령을 향해 돌진하는 세 명의 덩치.

평범한 사람이라면 갑자기 덩치 큰 사내들이 온갖 오만상을 찡그린 채 달려들면 겁에 질리겠지만 태령은 마치 기다렸다는 듯이 몸을 돌렸다.

"웰컴! 지갑이 두둑하길 바란다."

빙글 돌아선 태령의 입가에는 희미한 미소가 걸려 있었다.

건형은 지금 입이 떡하니 벌어졌다.

자신이 데려온 녀석들은 비록 자신보다는 못하지만 그래도 조직 내에서 상위의 힘을 가진 녀석들이다.

소중한 전투원이란 것이다.

"히이익!"

한순간에 뒤로 튕겨져 나가는 덩치들의 모습에 소매치기는 무언가 잘못됐다는 것을 눈치챘다. 재빨리 도망가려고 했지만 어느새 잡혀 있는 뒷덜미를 보고 놀랄 수밖에 없었다.

바로 방금까지 얼이 빠져 있던 건형이 차갑게 자신을 내려다보고 있었던 것이다.

"이봐……. 저기 당한 우리 애들은 너보다 가치가 훨씬 높아."

건형의 말에 소매치기의 안색이 사색이 됐다.

"너를 제물로 삼아야겠다."

건형은 소매치기의 뒷덜미를 잡고 골목을 빠져나왔다.

태령도 건형이 골목에서 빠져나오자 흥미로운 눈길로 그를 바라보았다.

눈빛을 보니 꽤나 수련을 한 인간인 것 같았다.

'아니, 수련이랑은 거리가 머네. 전형적인 싸움꾼이군.'

건형의 눈빛에는 태령에 대한 공포와 일말의 존경이 담겨 있었다.

소매치기의 뒷덜미를 잡고 태령에게 다가가면서 본 것이다.

방금 쓰러진 녀석들의 옆구리에 깊게 패인 주먹자국을 말이다.

그밖에는 다른 곳을 전혀 다치지 않았다.

한 명당 단 한 번의 주먹질.

인간이 인간을 한 번의 주먹질로 뒤로 날릴 수가 있다고 생각도 못했던 건형이다.

태어날 때부터 힘이 장사라고 소문났던 건형도 하지 못하는 것을 훨씬 왜소한 체구의 태령이 해내자 그 강함에 대한 존경심이 생긴 것이다.

"오호? 너는 나랑 안면이 있지?"

태령은 건형의 손에 들린 소매치기를 바라보고 방긋 웃었다.

흠칫.

태령의 말에 몸을 떠는 소매치기.

"우리 애들이 성급하게 잘못을 한 것 같습니다. 사과드리겠습니다."

건형은 소매치기를 발밑에 깔고 힘을 주어서 도망가지 못하게 한 뒤 고개 숙여 사과했다.

아직 자신들은 채 자리를 잡지 못한 작은 조직이다.

하지만 자신이 모시는 큰형님을 꼭 서울 최고로 만들 생각인 건형은 지금 여기서 아무것도 이루지 못하고 불구가 될 수는 없었다.

지금 바닥에 각혈하며 쓰러진 녀석들을 보아 갈비뼈가 두 대 이상 부러진 것 같았다.

가벼워 보이는 주먹질로 만들어진 현상이다.

건형은 더욱 인상이 굳어졌다.

잘못 걸렸다. 여기서 대처를 잘못했다간 그렇지 않아도 작은 조직을 말아먹을 수도 있는 것이다.

건형이 긴장을 하고 태령의 일거수일투족에 신경을 쏟고 있을 때 태령은 건형의 그런 행동에 흥미를 느꼈다.

태령은 군림하는 자였다.

아래로 수백만의 마족들이 있었다.

물론 각각의 마공작이 태령과 비슷한 위치에 있었지만 태령은 그 누구보다 마왕에 가까웠다.

　태령의 아래로 수십, 수백의 귀족급 마족들이 있었고 태령은 그들을 모두 카리스마로 일통하여 다스렸다.

　그렇다 보니 태령은 누군가를 섬기는 자에 대해서 너무나 잘 알고 있다.

　특히 건형과 같은 눈빛을 하고 있는 사람은 말이다.

　"그보다, 당신 발밑에 깔린 쥐새끼한테 관심이 있는데?"

　태령의 말에 건형은 저항하지 않고 소매치기를 넘겨주었다.

　"내가 다시 마주치면 죽인다고 했었을 텐데?"

　서서히 황금색으로 물드는 태령의 눈동자를 바라본 소매치기는 뇌리를 지배하는 공포에 점점 이성을 잃어갔다.

　지하철에서 태령의 황금안을 보고 뇌리에 각인되었던 공포가 다시금 더욱 증폭되어서 깨어나고 있었던 것이다.

　'다시 온다! 다시 온다! 무서워! 무서워!'

　소매치기는 뇌리를 지배하는 공포에 온몸을 바들바들 떨었다.

　사납게 휘몰아치는 광기와 살기의 격동이 소매치기의 뇌리를 강타한다.

　마치 거대한 맹수가 낮게 으르렁거리는 소리를 들은 어린 아이처럼 소매치기는 눈앞이 깜깜해지는 것을 느꼈다.

　"실제로 죽이는 것은 삼가도록 하지. 대신 소매치기로서의 인생은 손수 죽여주마.”

태령은 아무런 감정이 없이 소매치기의 축 늘어진 양 손목을 지긋이 밟았다.

우지끈! 우드득……!

소매치기의 손이 바스러지는 소리가 건형의 귀를 고통스럽게 했다.

가벼운 발걸음으로 이 정도 힘을 내는 모습에 그는 질려 버렸다.

‘역시… 보통 무술가가 아니었어. 이 정도라면 그 녀석과 동급이다…….’

건형은 태령의 눈동자를 알아보지는 못했다. 하지만 온갖 싸움터를 오가며 터득한 감각은 태령의 무시무시한 살기를 느끼게 해주었다.

그 살기는 누군가를 떠올리게 했다.

몇 년 전에 자신이 장도리 하나를 들고 이리저리 뛰어다니며 조직원 틈에서 폭주할 때 보았던 그 녀석을 말이다.

보랏빛이 감도는 눈동자를 지닌 녀석.

그 녀석은 한마디로 미친 살인귀였다.

믿기지 않은 힘으로, 그 당시 소위 말하는 전장에 있던 모든 조직폭력배를 일거에 쓸어버렸다.

모두 중상이었다.

건형도 마찬가지였다.

젊은 혈기에 미친개처럼 돌아다니던 건형은 그 이후에 지금의 큰형님을 만나면서 몸을 치료하고 정신을 차리게 되었다.

큰형님께 구명지은을 얻어 부상에서 회복했지만 여전히 가끔 꿈에서 그 녀석의 미소가 보인다.

사방에 난무하던 핏줄기들.

키키키키키.

광기에 젖은 웃음소리.

모든 게 악몽이 되어 건형을 괴롭혔다.

아직도 그날의 악몽을 잊지 못했는데 지금 그 녀석과 비슷한 자를 만난 것이다.

'역시 내 예상은 틀리지 않았어……. 분명 같은 과의 인간이다.'

건형은 더욱 조심스러워졌다.

소매치기는 뇌리를 지배하는 공포와 양 손목에서 느껴지는 고통에 그만 정신을 잃고 말았다.

뼈는 조각이 나서 근육를 파고들었고 팔은 안에서 터진 피들로 인해 퉁퉁 부어올랐다.

손가락의 뼈마저 산산조각이 난 지 오래였다.

"우리들은 그만 가도 되겠습니까?"

건형은 최대한 조심스럽게 말했다.

건형의 말에 태령의 고개가 위로 들렸다.

"아니."

짧은 대답에 건형은 체념하고 말았다.

'역시······.'

피에 미쳤던 그 녀석과 같은 종류의 인간이 고작 한 명을 망가뜨리고 물러날 리가 없다고 생각하긴 했었다.

그렇다면 어떻게든 자신이 시간을 끌고 쓰러져 있는 녀석들이 도망가기를 바라야 한다.

지금은 그저 혈기왕성한 덩치일 뿐이지만 이놈들이 조직의 미래다.

어떻게 해서든지 살려야 하는 것이다.

그도 끝없이 싸우면서 실력을 키웠다.

만약 태령과 싸워도 이기거나 동수를 이루는 것은 무리더라도 도망은 갈 수 있을 것이라 건형은 생각했다.

건형의 눈빛이 침중해지더니, 쓰러져 신음하고 있는 덩치를 발끝으로 차서 깨웠다.

이미 각오한 눈빛의 그를 보던 태령이 툭 내뱉었다.

"너희들 통통하냐?"

"······?"

"지갑 말이야."

태령의 미소가 진해졌다.

＊　　　＊　　　＊

"뭐야! 지금 제정신이야?"

"죄송합니다, 형님."

건형은 머리로 날아오는 재떨이를 피하지 않고 맞으면서
말했다.

피가 흘러내렸지만 상관없었다.

그 모습에 큰형님이라는 자도 순간 실수했음을 깨닫고 조
금 화를 진정시켰다.

"그래서… 고작 한 명한테 우리 애들 세 명이 당하고, 상납
원은 양 손목의 뼈가 아작이 나버렸다?"

"그렇습니다."

"그게 말이 되는 소리야!"

큰형님, 구양현은 버럭 소리를 질렀다.

그는 아주 밑바닥에서부터 맨 주먹으로 여기까지 올라온
남자다.

의리와 우정이라는 명제 아래에서 진짜 조폭이 만들어진
다는 의념을 지닌, 어떤 의미에서는 바보였다.

"죄송합니다."

구양현은 건형이 아무런 잘못이 없다는 것을 알고 있었다.

이미 건형에게서 충분한 이야기를 들었다. 그리고 건형과 똑같이 한 인물을 떠올렸다.

바로 조직폭력배들 사이에서 사신이라고 불리는 존재에 대해서 말이다.

"후우… 아니다. 내가 미안하다. 잘했다. 그런 녀석한테서 애들이 병신이 안 되고 살아 돌아온 게 용하다."

"큰형님께서 생각하고 계신 그 녀석과 같은 종류의 인간 같았지만… 뭔가 달랐습니다."

건형은 구양현이 무슨 생각을 하고 있는지 알고 이야기했다.

"무슨 소리야?"

"그는 우리 애들한테 손을 댈 생각이 없었습니다. 그저 상납원이 자신의 심기를 거스른 것에 분노했을 뿐 그 이상의, 그 이하의 가해도 가하지 않았습니다. 다만 다른 것을 가져갔습니다."

건형의 말에 구양현은 무언가 이상한 낌새를 알아차리고 되물었다.

"그게 무슨 소리야?"

구양현의 질문에 건형은 대답하기를 꺼려했다.

뭔가 켕기는 것이 있는 눈치였다.

구양현은 평소에는 그러지 않는 녀석이 이런 모습까지 보이자 더욱 답답해졌다.

"얼른 말해봐. 뭘 가져간 거야?"

구양현이 재촉하자 건형은 결국 작게 말했다.

"지… 갑을 뺏겼습니다."

순간 구양현은 자신이 잘못 들었나 했다.

하지만 건형의 모습을 보니 사실인 것 같아서 어이가 없었다.

"그래서… 삥 뜯긴 거라고?"

"부끄럽지만 그렇습니다."

"이걸 웃어야 되는 거냐, 말아야 하는 거냐……. 에휴, 일단 그 상납원이랑 연락 끊어."

구양현의 말에 건형이 이의를 제기했다.

"묻어버리는 것이 나을 텐데요."

"그래도 불쌍하잖냐. 소매치기가 손을 잃으면 뭘 해먹고 살아. 어차피 결과는 뻔한데 우리 손 더럽히지 말자고."

"알겠습니다."

"그리고 그 녀석한테서 관심 끊는다. 지금은 군도리파 쓰레기들 정리할 궁리나 하자."

구양현의 말에 건형은 고개를 끄덕였다.

"알겠습니다."

“그리고 군도리파 녀석들 정리되면 다시 한 번 접근해 보
도록 하지.”

구양현은 그렇게 태령 건을 뒤로 미뤘다.

그러나 바로 이 말이 훗날 구양현의 조직인 주먹파가 서울
최고의 조직으로 성장하게 되는 계기였음을 이때는 알지 못
했다.

Chapter
07
친구들과의 여행

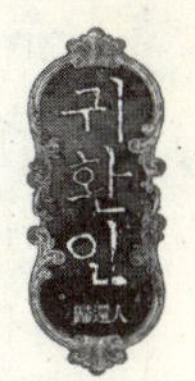

건형과의 만남이 있고 난 뒤, 며칠의 시간이 흘렀다.

무심코 태령은 달력을 보다가 방학이 딱 3일밖에 남지 않았음을 알게 되었다.

그는 오늘도 가구 이송 아르바이트를 다녀왔다.

그 뒤 샤워를 하고 방 안으로 들어와 옷을 갈아입는 중에 눈에 띈 것이다.

"벌써 3일밖에 안 남은 건가?"

돌아온 날이 엊그제 같은데 벌써 방학이 다 지나가 얼마 남지 않았다.

"무슨 시간이 이렇게 빨리 가냐?"

휘익―

머리를 닦던 수건을 침대 위로 던진 태령은 책상의 핸드폰을 집어 들었다.

자신이 샤워를 하는 도중에 문자가 왔을까 하는 생각에 보는 것이다.

아무런 생각 없이 혹시나 하는 마음에 핸드폰을 집어 든 태령은 예상외로 다섯 통이나 문자가 와 있는 것을 확인했다.

태령아. 우리끼리 여행가기로 했는데 네 생각은?

어디 갔나? 왜 답장이 없어.

이따가 열 시쯤에 내가 전화 줄게.

여기까지는 지선의 문자였다.

어이! 우리 여행 갈 건데 묻지도 따지지도 말고 따라와!

유하다.

이건 누가 봐도 유하의 문자다.

유하의 습관 중 하나가 절대 자기 핸드폰으로는 문자를 하지 않는 것이다.

그렇다고 요금의 압박 때문에 그런 것도 아니다.

친구가 문자를 하고 있으면 와서 자기 핸드폰을 건네기도 할 정도니까 말이다.

하여간 이상한 습관을 지닌 녀석이다.

지금 문자도 재명의 핸드폰 번호로 와 있었다.

아까, 문자. 유하가 보냈다는 거 알지? 자세한 건 지선이가 다 정해서 열 시에 전화해 준데.

문자를 다 본 태령은 유하의 장난 가득한 문자에 잠시 피식 웃은 뒤 핸드폰을 내려놓았다.

그는 주변을 정리하고 의자에 앉았다.

책상 위에는 어제부터 사다둔 영어단어집들이 두어 개 널브러져 있었다.

영어단어를 외우는 재미가 들린 탓이다.

단어를 외우자 가끔 들리는 영어들 중에서 순간순간 익숙한 단어들을 알 수 있어서, 이런 것이 언어를 공부하는 기분이구나 하는 신기한 감상도 들었다.

그렇게 관심이 가니 태령은 재명에게서 영어단어집 두어 개를 얻어서 공부를 하기 시작했다.

지선이 핸드폰에 다운받아 준 영어 듣기 프로그램을 들으면서 때 아닌 영어 공부에 몰두하고 있었던 것이다.

그 결과는 놀라웠다.

주운 단어장을 호기심에 한 번 본 것을 시작으로, 본격적으로 공부한 지 3일째인데 벌써 웬만한 지문들은 모두 독해가 가능했다.

게다가 영어 지문을 해석까지 통째로 외웠더니 웬만한 대화를 들어도 자연스레 이해가 되었다.

다만 말하는 것은 아직 문제가 많았다.

악센트라든지 쉼표라든지 하는 세세한 것들은 태령이 잘 모르니까 말이다.

하지만 지금 듣는 영어 듣기 프로그램을 몇 번 더 들으면 웬만한 영어 가능자 수준의 발음을 구사할 수 있을 것이다.

실로 경악성이 터지는 성장이었지만 태령에게는 그저 단순히 호기심을 채우는 용도에 불과했다.

그래도 무언가를 잘하게 된다는 느낌이 좋아서, 이 다음에는 중국어, 일본어, 러시아어 등등을 공부해 볼까 계획하고 있었다.

아마 모두 배우는 데 한 달이나 두 달이면 충분할지도 모른다.

하지만 중간에 태령이 귀찮다고 그만두는 일이 비일비재할 것이기에 일단은 두고 볼 일이다.

　그렇게 책상에 앉은 태령은 영어단어집을 쭈욱 훑어보다
가 한숨을 내쉬었다.

　"에휴……. 갑자기 웬 여행이지?"

　갑작스레 나온 여행 이야기에 영어단어 암기에 집중이 안
된다.

　영어단어집을 덮은 태령은 그냥 자리에서 일어나 침대로
가서 쓰러져 누웠다.

　"개학까지 3일 남았는데 여행 갈 수는 있나?"

　태령은 방학이 3일밖에 남지 않았는데 갑작스런 여행 이야
기에 어리둥절했다.

　혼자 생각을 해보지만 딱히 답은 나오지 않았다. 태령은 그
냥 포기하고 책상에서 영어단어집을 가져와 침대에 누웠다.

　"자기 전에 이거나 다 외워야지."

　이 영어단어집도 벌써 절반을 외웠다. 태령은 접어둔 부분
을 펼쳐서 빠르게 한 장씩 넘어가기 시작했다.

　이미 태령이 외운 단어는 5천 개가 넘는다.

　마치 물탱크 속에 물이 한 방울씩 떨어지는 것처럼 영어단
어들은 모두 태령의 머릿속에 저장이 되어갔다.

　우우우웅우우우웅.

　한참을 집중하고 있을 때, 태령의 핸드폰의 진동했다.

　아까 던져 둔 핸드폰을 찾은 태령은 전화를 받았다.

“여보세요.”

“어, 태령아.”

지선이었다.

“아까 문자 봤지?”

“어, 그런데 갑자기 웬 여행이야? 시간이 되나?”

태령의 말뜻을 아는 지선은 설명을 하기 시작했다.

“며칠 동안 가는 게 아니라 당일치기로 월미도를 가보려고. 우리 중에 월미도 가본 사람이 하나도 없더라고. 그래서 결정했지. 내가 교통편하고 맛집도 알아뒀어. 거기서 놀고 구경할 것들은 내가 최소 경로로 다 정해뒀으니까 내일 각자 삼만원씩만 들고 오면 돼. 다 할인받은 가격으로 계산한 거야. 아마 삼만 원만 가져오면 충분할 것 같아.”

“와우…….”

태령은 순수하게 감탄할 수밖에 없었다.

말 그대로 완벽한 사전조사다.

문자가 온 지 세 시간 정도가 지났는데 그 사이에 인터넷을 뒤져서 저렇게 모든 것을 알아내고 계획까지 철두철미하게 세웠다.

누가 봐도 완벽주의자라는 말이 나올 정도.

“아! 그리고 내일 지희가 자기 친구들 데리고 온다고 하더라. 아마 둘씩 짝을 지어서 놀 것 같아. 유하나 재명이는 분명히 찬성을 할 거고 나는 뭐 그게 좋을 것 같아. 어차피 남자끼리 칙칙하게 놀면서 월미도를 더럽히느니 차라리 짝을 만들어서 노는 것도 나쁘지 않을 것 같아. 너는 어때?"

"갑자기 웬 짝을 맞춰?"

"지희가 같이 가고 싶다고 그러더라고."

"지희?"

생각이 나지 않는다.

태령이 기억하는 사람은 애초에 지선과 유하, 재명, 이렇게 세 명뿐이었다.

편의점 점장님이나 고시원 할아버지도 이곳에 와서 기억난 사람이다.

그런데 지희라는 말을 듣자 무언가 생각이 날 듯 말 듯했다.

"저번 달에 봤었잖아. 내 동생 말이야. 기억 안 나?"

지선의 말을 듣고 나서야 태령은 겨우 기억을 해냈다.

지선보다 한 살 어린 동생으로, 제법 유명세를 떨치고 있었다.

따로 꾸미지 않고 수수하게 다녀도 주목받는 외모로, 근처 남고들 사이에서 더욱 인기가 있는 여학생이었다.

태령과 지선, 유하, 재명이 한창 축구를 하면서 놀다 보면 가끔 친구들과 와서 구경하고는 했던 아이로 기억한다.

아니, 생각을 해보니 가끔이 아니라 자주 봤던 거 같았다.

"아, 기억났다. 그래? 우리 놀 때 자주 왔던 것 같더니 혹시 유하 좋아하는 거 아니야?"

태령은 반은 장난으로 말했다.

솔직히 유하는 여자들에게 의외로 인기가 좋았다.

덩치가 있음에도 불구하고 얼굴이 준수하기도 하고 몸이 워낙에 좋았던 것이다.

게다가 애교도 많고 말도 재밌게 잘하니 더욱 금상첨화였다.

그런 사실을 하는 태령이었기에 그렇게 이야기를 했지만, 들려온 것은 지선의 한숨 소리였다.

"하아……. 진짜 둔하네. 아니다. 어쨌든 내일 3만 원 들고 학교 앞 그 피시방으로 집합이야."

"알았어. 근데 여자애들도 돈 챙겨오는 거지?"

인원수가 불어나서 돈이 모자라 자신의 돈을 쓰게 될까 봐 걱정하는 태령.

친구들에게 쓰는 돈은 전혀 아깝지 않지만 자신에게 쓰는 돈이나 남한테 주는 돈은 피눈물이 날 정도로 아까웠다.

"걱정하지 마. 여자애들도 이만 원씩 가져오기로 했어."

지선이 약간은 기분이 상한 어투로 말하는 것을 느낀 태령은 뭘 잘못했었는지 기억해 내려 했지만 딱히 떠오르는 것은 없었다.

"알았어. 그럼 내일 보자."

탁.

전화를 끊은 태령의 머리는 내가 뭘 잘못했지 하는 생각으로 가득 찼다.

"진짜 하나도 모르겠다."

손에 들린 영어단어집을 책상 위로 던지며 침대에 드러누웠다.

"아휴! 모르겠다. 일단 조금 자둬야지."

태령은 눈을 감고 평소처럼 마력을 다스리며 잠을 청했다.

*　　　*　　　*

이튿날.

약속 시간이 되기 한 시간 전.

태령은 아르바이트를 못 나간다고 사장에게 말하고 아르바이트를 그만두었다.

돈은 이미 모을 만큼 모았다.

지금부터는 편의점이나 피시방 아르바이트를 하면서 벌면 된다고 생각한 태령은 아직까지는 여유만만이었다.

하지만 지출에 민감한 것은 돈이 여유로워도 사라지지 않왔다.

아무리 펑펑 써대도 티도 안 나는 정도의 재물이 모이지 않는 한은 잠들지 않는 짠돌이 본능일 것이다.

준비를 마친 태령은 약속 장소로 향했다. 워낙에 가까워 시간은 별로 걸리지 않았다.

와 있는 사람을 보니 지선과 지희가 피시방 앞에 서 있는 것을 확인할 수가 있었다.

지선은 평소처럼 수수한 스타일로 입은 것에 비해 지희는 굉장히 신경을 썼는지 평소에 입지 않았던 것으로 기억하는 원피스까지 꺼내 입은 모습이었다.

게다가 태령이 기억하는 지희의 모습은 화장기 없는 얼굴에 긴 생머리였는데, 지금 보니 가벼운 화장기에 TV에 나오는 연예인 같은 구불구불한 헤어스타일을 하고 나왔다.

기억에는 명확히 남아 있지 않는 희미한 소녀였는데 지금 보니 웬만한 연예인 뺨치는 미소녀가 아닌가?

게다가 귀에 매달린 작은 귀걸이까지 보자 그 소소한 곳에서마저 아름다움을 느낄 수 있었다.

태령이 지희의 모습을 보는 동안 지희도 하마터면 못 알아볼 뻔했을 정도로 바뀐 태령의 모습에 깜짝 놀랐다.

평소에는 무조건 몇 년은 입었을 법한 늘어진 티와 무릎이 나온 트레이닝 바지를 입거나, 아니면 낡은 청바지가 다였던

태령이 마치 모델처럼 옷을 빼입고 나오자 깜짝 놀랐던 것이
다.

 게다가 굵은 뿔테안경도 어디론가 사라지고, 약간은 날카
로운 눈매와 시원스런 콧날이 자리하고 있었다.

 눈을 가릴 정도로 길게 자랐던 머리카락이 모두 사라지고
짧은 헤어스타일로 변하자 인상이 확 바뀌었다.

 그제야 아침에 지선이 자신에게 태령을 보면 깜짝 놀랄 것
이라고 했는지 이해가 되었다.

 진짜로 깜짝 놀랐으니까 말이다.

 몰라보게 변한 겉모습과 분위기까지.

 음울했던 분위기는 온데간데없고 표정에서 자신감이 넘쳤
다.

 "아… 오빠, 안녕하세요."

 태령을 발견한 지희가 어색하게 인사를 했다.

 "아, 어, 그래. 안녕?"

 지희의 어색한 인사에 어색하게 대답한 태령은 지선에게
말을 걸었다.

 그 모습에 금세 울상이 되는 지희였다.

 "다른 애들은 언제 온대?"

 둘의 어색한 태도에 골머리가 아프다는 듯 절레절레 고개
를 흔든 지선은 신경을 끄기로 했다.

어젯밤에 지희가 거울을 보며 뭔가를 끊임없이 연기하는 것을 봤으니, 그냥 그녀에게 맡기려는 것이다.

"글쎄, 금방 온다고 했었는데? 지희야, 네 친구들은 언제 도착한대?"

지선의 말에 울상이었던 지희가 금세 얼굴 표정을 고치고 대답했다.

"유선이랑 은진이랑 주희는 이따가 도착한대."

지희의 말에 지선은 손목시계를 보면서 발끝을 까딱까딱하기 시작했다.

무언가 마음에 안 드는 것이 있으면 나오는 지선의 오랜 버릇이었다.

약속시간인 아침 9시를 살짝 넘기자 지희의 친구들이 도착했다.

한 살 연상의 오빠들과 놀러간다고 그녀들은 고등학생답지 않게 화장을 하고 짧은 치마를 입고 있었다. 그녀들을 보고 지선이 받은 인상은 별로 좋지 않았다.

'저런 친구들과 어울리는구나.'

지선은 탐탁지 않은 표정으로 지희를 바라보았다.

태령 또한 아직 어린 여고생들이 노출이 심한 옷과 화장들을 하고 나오자 좋게 보이진 않았다.

화장이나 노출에 관한 것이라면 마계에 있을 적에 서큐버

스들을 질리도록 본 탓에 여고생이라면 풋풋함이 있어야 한
다고 생각한 탓이었다.

지희도 그런 분위기를 읽었는지 어쩔 줄 몰라했다.

지희의 친구들이 도착하자 자연적으로 여자들끼리 모여서
수다를 나누게 됐다. 지선과 태령은 그런 분위기에서 떨어져
서 뻘쭘하게 서 있었다.

지선은 유하와 재명이 오면 적당한 훈계로 끝내지 않으리
라 마음먹었다.

이윽고 얼마 안 가 유하와 재명이 도착했다.

개그 콤비답게 같이 오는 모습에 지선의 이마에 사거리 마
크가 빠직하는 소리와 함께 생성되었다. 태령은 그런 지선의
심상치 않은 분위기에 유하와 재명의 명복을 빌어주었다.

재명은 가벼운 차림으로 왔다.

심지어 가방조차 챙기지 않았다.

태령도 마찬가지이긴 했지만 원래 들고 다닐 것들을 사지
않아서 그런 거고, 재명은 달랐다.

여자애들이 온다는 소식을 지선에게 들었는지 머리에 왁
스를 발라 한껏 멋을 부렸다.

귀여운 외모에 맞지 않게 이 대 팔 가르마를 하고 온 재명
은 그 언밸런스함 속에서 제법 귀여움을 발휘했다.

워낙 장난꾸러기 같은 외모였기에 가능한 일이었다.

반면에 유하는 등과 앞에 멘 큰 가방, 그리고 손에 든 쇼핑
백 등으로 중무장을 하고 왔다.

"자, 이제 네가 들어."

유하가 앞에 멘 가방을 재명에게 넘겨주자 그가 웃으면서
받았다.

아마 가방 들어주기 내기라도 한 모양이었다.

무거운 가방을 두 개나 든 탓에 유하의 이마에서는 여름의
아침 특유의 더위로 땀이 방울져서 흐르고 있었다.

"우하하하하! 수고했다, 근육두뇌!"

재명이 호탕하게 웃으면서 유하를 향해 마지막 한 방을 먹
이자, 유하가 힘이 없는지 자리에 주저앉으면서 중얼거렸다.

"에이씨! 힘들어 죽겠다!"

헥헥거리는 유하를 보고는 지선이 한마디 했다.

"뭘 하느라 이렇게 늦은 거야? 그리고, 뭘 이렇게 잔뜩 싸
온 거야?"

시어머니 역할을 하는 지선의 말에 유하는 금세 의기양양
해졌다.

"히히히, 이게 다 쓸 데가 있다니깐!"

자신이 가져온 가방을 쓰다듬으면서 말하는 유하의 모습
에 지선은 고개를 절레 저었다.

한편 저마다 꺄꺄대고 있는 지희의 친구들의 화제는 지희

의 스타일 변신과 태령의 존재였다.

평소라면 화장은 죽어도 싫다고 빼던 애가 갑자기 옅게나마 화장을 하고, 게다가 바지만 입고 다니던 애가 원피스를 입고 나왔다.

이건 분명히 누군가의 눈에 들기 위해서 꾸미고 나온 소녀의 모습이었기에 지희의 친구들은 지희가 좋아하는 사람이 누군지 알아내기 위해서 추궁을 하기 시작했다.

평소에 남자를 소개해 준다고 해도 절대 사양이던 지희가 갑자기 이렇게 꾸몄다는 사실에 일말의 배신감도 느끼는 친구들이었다.

"덕인여고의 공식 여신의 마음을 빼앗아 간 희대의 도둑은 누구야?"

장난스런 질문에도 얼굴에 홍조를 띄는 지희.

"어머, 애 얼굴 빨개진 거 봐봐."

"히히히, 얼굴에서 불나겠다!"

지희를 한창 놀리고 있던 친구들의 화제는 금방 다른 곳으로 바뀌었다.

"그나저나 저 킹카는 누구야?"

지희의 친구 중 한 명이 유하를 보며 웃고 있는 태령을 가리켰다. 다른 여학생들도 호들갑을 떨었다.

"진짜 잘생겼다!"

“몸매 봐. 완전 잘 빠졌어!”

“완전 내 스타일이야…….”

급기야 몽롱한 눈빛마저 보내자 태령은 문득 느껴진 시선에 고개를 돌려 지희네 쪽을 바라보았다.

“그, 그만하고 우리 다른 이야기하자.”

태령의 시선이 이곳으로 향하자 당황한 지희가 허둥지둥대면서 더욱 얼굴이 빨개졌다. 친구들은 오호라 하는 표정을 지었다.

평생 남자친구를 사귀지 않을 것 같았던 지희의 마음을 뺏은 남자가 누구인지 눈치챈 것이다.

“난 포기할래. 적이 너무 막강해.”

한 명이 두 손을 들며 혀를 반쯤 빼물고 장난스레 말하자 지희의 얼굴이 더욱 붉어졌다.

“나도 포기할래! 여신한테 흔녀가 어떻게 덤벼.”

체념하는 친구까지 나오자 지희는 더욱 붉어져 이제는 찌르면 폭발할 것 같이 되었다.

그 모습을 본 태령이 지희가 걱정이 되었는지 다가와서 말을 걸었다.

“지희야, 괜찮아? 몸 안 좋아 보이는데 돌아가서 쉴래?”

태령의 말에 주변에 있던 친구들이 아무것도 못하고 고개를 푹 숙이는 지희를 위해 원조를 시작했다.

“에이, 오빠! 얼른 저리가요.”

“맞아맞아! 여자들은 여자들끼리의 이야기가 있다구요.”

물론 그 이야기가 무슨 내용인지 잘 알고 있는 태령이다.

그들이 아무리 조용히 속삭인다고 하지만 태령의 귀에 안 들릴 리가 없는 것이다.

하지만 의외로 여자의 심리에 대해서 눈치가 없는 태령은 지희가 빠진 남자가 누군지 여태 감을 못 잡고 있었다.

어렴풋이 유하나 재명일 것이라고 생각했기 때문이다.

태령은 설마 자신일 것이라고는 상상도 못했다.

왜냐면 자신이 보기에도 과거의 자신은 여자가 좋아하는 남자상에서 백만 광년은 멀었기 때문이다.

항상 우울한 표정을 짓고 축 처진 걸음걸이와 가난한 학생.

누가 봐도 최악의 남자다.

게다가 잘 씻지도 않았던 과거의 자신은 지금 봐도 아니었다.

“아, 알았어.”

태령은 등이 떠밀리듯이 쫓겨났고 다시 칙칙한 남자들의 세계로 들어올 수밖에 없었다.

이윽고 월미도를 가기 위해 출발했다.

버스를 타고 가는 그들.

운이 좋은 건지 나쁜 건지 따로 떨어진 두 자리를 제외하고는 버스 뒷자리가 텅텅 빈 것을 발견했다.

지희의 친구들은 그 모습을 보자마자 다들 서둘러 뒷좌석으로 달려가 착석했다. 평소에 지희가 태령을 어떻게 생각하는지 아는 유하와 재명, 지선도 태령과 지희가 뒷좌석에 앉을 새도 없이 서둘러 올라가 자리를 차지했다.

그러자 자연스레 둘이서만 따로 앉게 된 태령과 지희.

태령은 아무런 생각 없이 버스 남은 좌석에 앉았다. 지희는 태령이 배려해 준 덕에 그 좌석의 창가 쪽에 앉을 수가 있었다.

단둘이 앉게 된 두 사람.

이윽고 버스가 출발했다.

버스가 출발하고 뒷좌석에 앉은 지희의 친구들과 태령의 친구들은 앞좌석에 따로 앉은 지희와 태령의 뒤통수를 뚫어져라 쳐다보았다.

뭔가 알콩달콩한 분위기가 연출되기를 바라고 있는 것이다.

하지만 그런 상황은 일어나지 않았다.

핸드폰에 이어폰을 연결한 태령은 영어듣기를 하기 시작했고, 지희는 태령과 앉게 되면서 생겨난 어색함에 어쩔 줄을 몰라하고 있었다.

태령도 이런 어색한 분위기가 계속되자 은근히 속으로 찜찜했다.

아무 말도 없이 그저 앉아 있자니 귀로 파고드는 원어민의 영어가 잘 들리지도 않았다.

이 어색함에 지희 혼자 고개를 푹 숙이고 손가락을 꼼지락하고 있는 모습을 보고 있노라니 귀엽기도 했다.

태령은 결국 영어듣기를 끄고는 노래를 틀었다.

그리고 한쪽 이어폰을 빼내서 지희에게 건네었다.

지희는 처음에 갑자기 시야에 훅 하고 들어온 이어폰에 깜짝 놀라서 움찔했다. 하지만 태령이 하는 말에 조금이나마 어색함이 누그러드는 것을 느꼈다.

"노래 같이 들을래?"

지희는 어쩔 줄 몰라하다가 조금씩 떨리는 손을 애써 참으며 이어폰을 받아 귀에 꽂았다.

"이 가수 좋아해?"

태령의 말에 지희는 처음 들어보는 노래였지만 그래도 고개를 끄덕였다.

이제부터 좋아하면 된다는 생각을 하면서 말이다.

"노래가 되게 좋아요."

사실 태령이 틀어준 노래는 조금은 다크한 이미지의 노래였다.

사랑의 실패와 인생의 애환을 담은 우울한 힙합 노래였지만 지희는 그저 태령과 같이 노래를 듣는 것만으로도 좋았다.

노래가 좋다고 하며 웃는 지희의 모습에 태령도 조금은 당황했다.

지희는 이런 다크한 노래는 좋아하지 않을 것처럼 생겼기 때문이다.

조금은 예상외였다.

그래도 태령은 지희와 공감대가 형성이 되자 기뻤다.

태령으로서도 이런 어색함은 사양하고 싶었기 때문이다.

그렇게 말문이 트이자 둘 사이의 어색함은 금방 사그라들었다.

둘이 소곤소곤거리며 대화를 하는 동안 버스는 월미도에 도착했다.

월미도에 도착하자 자연스레 둘이 떨어져 남자들은 남자끼리, 여자들은 여자끼리 몰려 다니기 시작했다.

지선의 지도에는 맛집이나 구경할 포인트가 표시되어 있었다. 그들은 따로 또 같이 다니며 맛있는 것을 먹고 좋은 곳을 구경했다.

몇 시간 동안 태령은 친구들과 함께 신나게 월미도를 돌아다녔다.

이윽고 도착한 곳에는 TV에서도 자주 나온, 이른바 '디스코 팡팡' 이라는 놀이기구가 있었다.

주변에서는 흥겨운 노래가 크게 울리고 있었고, 디제이의 재치있는 농담으로 구경을 하던 사람들이 파안대소를 하고 있었다.

흥겨운 분위기가 만연한 곳에 도착하자 모두들 즐거워지는 기분이 되었다.

"야야! 얼른 줄서야지!"

유하가 앞장서서 달려가 줄을 서자 모두들 따라갔다.

지희와 친구들도 신나는 분위기가 나쁘지 않은지 연신 싱글벙글이었고 지희도 그런 친구들의 분위기에 맞춰 연신 웃음꽃을 피웠다.

이번 여행의 기획, 안내, 그리고 마지막으로 총무까지 맡은 지선은 선뜻 요금을 냈다.

한참 기다리자 모두 놀이기구를 탈 차례가 되었다.

"자리 잘 잡아! 잘못하면 떨어진다!"

유하가 소리치며 가장 먼저 의자에 앉았다. 그 뒤로 사람들이 우르르 몰려 올라와 난간을 붙잡고 자리했다.

모두 올라타자 구경하던 사람들의 시선은 태령과 지희에게 꽂혔다. 그들은 친구들의 배로 딱 붙어 앉아 있었다.

"저기 매우 아름다운 학생이 오셨군요! 이 디제이, 성심성의껏 놀아보도록 하죠!"

지목당한 치희의 얼굴이 새빨개졌다.

디제이는 본격적으로 놀이기구를 움직이기 시작했다. 한

참 음악에 맞춰 빙글빙글 돌아가는 디스코 팡팡. 사람들은 떨어지지 않기 위해 난간을 붙들고 있는 팔에 힘을 넣었다.

"자, 이제 시작해 볼까요? 제 특기가 뭔지 아시는 분?"

디제이의 장난기 어린 멘트가 들리자 구경하고 있던 사람들이 손을 들었다.

"여자 괴롭히기!"

구경을 하던 사람이 크게 외치자 디제이가 크게 웃었다. 구경꾼들도 박장대소를 터뜨렸다.

다만 지희는 왠지 모를 불안감이 들었다.

"정답! 참고로 예쁘면 예쁠수록 내 타깃이 될 확률이 높다는 거! 거기 검은색 일색의 남자 모델 옆에 앉은 아이돌로 당첨!"

디제이의 재치만발한 멘트가 쏟아지고 점차 놀이기구가 크게 요동치기 시작했다.

팡! 팡!

놀이기구가 들썩일 때마다 사람들도 들썩였다. 팔힘이 약한 여성들은 벌써 몇 명이 난간을 놓쳐서 허우적대고 있었다.

그 와중에 가장 공격을 많이 받는 이는 디제이의 예고대로 바로 지희였다.

처음 그녀가 기구에 올라올 때부터 그녀의 외모 때문에 오늘의 공격 대상으로 정해 놓은 디제이였다.

자신의 말을 증명하듯 디제이는 지희를 집요하게 괴롭혔
다.

노골적으로 지희를 노리는 디제이의 괴롭힘에 지희는 결
국 잡고 있던 손잡이를 놓치고 말았다.

그녀는 앞으로 데굴데굴 구르면서 놀이기구의 가운데에
털썩 주저앉았다.

"아가씨, 어딜 그렇게 주저앉아? 함부로 길바닥에 나 앉는
거 아니야!"

디제이가 지희를 놀리며 웃음을 유발하자 구경하고 있던
사람들이 모두 웃음이 터졌다.

다행히 긴 원피스를 입고 있었기에 치마의 안이 보이지는
않았지만 지선의 표정이 조금씩 굳어졌다. 자신의 동생이 구
경거리가 된 느낌이 불쾌했던 것이다.

계속되는 디제이의 놀림에 지희가 결국은 울먹거리게 되
자 태령은 하는 수 없이 자리에서 일어나기로 했다.

'그래도 지희가 지선이 동생인데 도와줘야겠다. 유하는 왜
안 나서는 거야?

흘깃 유하를 보았을 때 유하는 지희가 당하는 것에 파안대
소를 하고 있었다.

태령은 진득이 한숨을 쉰 다음에 앉아 있던 자리에서 벌떡
일어났다.

“어? 어?”

구경하던 사람들의 놀람이 커졌다.

한창 신나게 움직이는 놀이기구에서 벌떡 일어서는 것은 그만큼 위험했기 때문이다.

하지만 그들의 염려와는 달리 태령은 아무렇지도 않았다.

이 정도 흔들리는 것은 태령에게 평지나 마찬가지였다.

성큼성큼 걸어서 놀이기구의 정가운데로 간 태령은 울먹이고 있는 지희의 손을 잡아 일으켰다.

“괜찮아?”

태령의 말에 지희는 대답조차 하지 못했다. 태령은 흔들리는 놀이기구를 무시하는 것처럼 한 손으로 가뿐히 그녀를 부축했다.

곧장 자리까지 안전히 그녀를 데리고 가 털썩 앉는 태령의 모습에 디제이도 할 말을 잃었다.

이 놀이기구의 디제이 일을 십여 년 가까이 했었는데, 한 번도 이런 적은 없었다.

‘이게 말이 돼?’

한동안 얼이 빠져 있던 디제이는 문득 더욱 심하게 놀려보자는 생각에 열심히 태령과 지희를 공략했다.

하지만 지희의 허리를 꼭 잡고 떨어지지 않게 해준 태령의 노력이 빛을 발휘했다.

　디제이의 노골적인, 그리고 집중적인 공격에도 지희는 의자에서 엉덩이조차 떨어지지 않았다.

　그렇게 다른 사람들이 탔던 시간에 비해서 십여 분을 더 많이 놀이기구에 시달린 태령 일행은 한결 신이 난 표정으로 지선이 알아둔 맛집으로 향했다.

　지선이 알아둔 맛집은 조개구이 집이었다.

　이미 여러 음식 프로그램에서 촬영을 했었는지 여기저기에 사진들이 걸려 있었고 연예인 사인과 후기 등이 붙어 있었다.

　"오올! 지선이가 꽤 괜찮은 곳을 찾아냈구나!"

　유하가 지선의 어깨에 손을 올리며 말하자 재명이 지선을 도왔다.

　"역시 우리들의 브레인! 누구누구랑은 다르게 두뇌가 말랑말랑하다니까!"

　"우씨! 너 지금 나 보고 그러는 거지!"

　유하와 재명이 또 투닥투닥거릴 것 같자 태령이 먼저 나서서 말렸다.

　"야야, 식당에서 장난치지 마."

　태령의 말에 금세 조용해지는 유하와 재명이다.

　자리에 앉자 푸짐한 반찬들이 잔뜩 나오고 이윽고 조개들이 잔뜩 올라왔다.

여덟 명이 먹기에도 많을 정도로 말이다.

서로 하하호호거리면서 이야기를 나누고 식사를 하면서 그들은 많이 친해졌다.

다들 어느새 짝을 정했는지 유하, 재명도 여자애 한 명씩과 마주 보고 앉아서 이야기를 나누고 있었다. 같이 노는 동안 첫인상과 다르게 착한 아이들이라는 것도 알았으니 친해지는 것은 문제가 없었다.

그 모습을 지켜보는 태령도 이쯤 되니 눈치를 챘다.

그나마 지금이라도 눈치를 챈 게 다행이다. 다른 사람이 보기엔 답답해서 미칠 정도로 느린 눈치긴 했지만.

"나였구나……."

지희가 좋아하는 사람이 자신이라는 것을 알게 되자 태령은 조금 머릿속이 복잡해졌다.

그렇다고 해도 당장 어떻게 반응을 내보일 수도 없었다. 이런 부분에 있어서 태령은 지극히 순진했다. 마계에서의 경험도 소용없었다.

다른 친구들이 즐겁게 시간을 보내는 반면, 결국 태령과 지희 사이에는 낮의 버스와 같은 어색함이 내려앉았다.

그 어색함은 다른 아이들이 식사를 끝낼 때까지 계속됐다.

"우리 공원 가자!"

식당을 나오자 유하가 그렇게 제안했다. 의견을 듣지도 않고 그는 친구들을 끌고 공원으로 향했다.

사실 유하는 월미도로 여행을 간다고 이야기를 들었을 때부터 준비했던 것이 있었다.

바로 불꽃놀이였다.

한 번쯤 분위기 좋은 곳에서 친구들과 폭죽을 터뜨리며 놀고 싶어서 장소를 물색했는데, 오늘 지희와 태령의 사이를 보니 둘을 위해서 폭죽을 희생하자는 생각이 든 것이다.

'으흑! 어쩔 수 없지……. 내 절친한 친구의 사랑을 위해서 이 한 몸 희생하마……!'

유하의 눈치 아래, 그들은 공원에서 둘씩 짝을 지어 데이트를 가장한 몰래 숨기 대작전을 펼치게 되었다.

"야, 너희 목 안 말라? 내가 음료수 사러 다녀올게!"

"저도 같이 다녀올게요."

그렇게 두 명이 떠나고,

"잠깐만, 나 전화 좀 받고 올게."

"나, 나도!"

이렇게 빠졌다.

지선과 지희의 친구 한 명이 남자, 지선이 그 친구의 손을 잡고 아무 말도 없이 그냥 가버렸다.

"야! 어디 가?"

"몰라도 돼. 울리지 마라."

태령의 외침에도 지선은 의미심장한 말을 남기고 어디론 가로 사라졌다.

그렇게 밤의 장막이 드리운 하늘을 구경하면서 태령과 지희는 또 다시 어색한 분위기를 연출하게 됐다.

이전에는 이 어색한 이유가 별로 친하지 않은 자신과 앉아서라고 생각했었지만, 지금은 지희가 자신을 좋아하기 때문이라는 것을 알기에 태령은 조금 골이 아파오기 시작했다.

자신은 아직 누군가를 사랑하고 사귈 마음이 없었다.

언젠가는 생길지도 모르지만 그게 언제일지 모른다.

그렇기에 지희가 지금 자신을 좋아한다고 해도 받아들일 수가 없었다.

어색한 둘의 분위기가 십여 분가량 이어지고, 지희가 그 어색함을 참을 수가 없는지 여린 손을 주먹 쥐고 태령을 불렀다.

"저기……."

지희가 머뭇거리면서 입을 열자 태령은 지희를 바라보았다.

태령의 시선이 자신을 향하자 더욱 붉어진 얼굴로 고개를 숙였다.

"무슨 할 말 있어?"

지희가 자신을 좋아한다는 사실을 어느 정도 눈치채고 있

는 태령이었지만, 지금은 모르는 척하기로 마음먹은 상태였
다.

아직까지는 누군가를 좋아하고 마음을 열 생각이 없었기
때문이었다.

언젠가는 또 다시 혼자가 될 것이다.

자신은 절대 늙지도 죽지도 않는 반불사의 존재니까.

섣불리 마음을 주어선 안 되는 존재인 것이다.

"아니요. 그냥… 바람이 조금 쌀쌀하네요."

결국 고백할 용기를 내지 못한 지희는 다시 말을 돌렸다.

바닷가의 찬바람이 여름의 열대야를 식히며 불어왔다.

"그러네. 바람이 선선하네. 춥진 않아?"

태령이 지희의 얇은 원피스를 보며 물어보자 지희는 아니
라며 손사래까지 쳤다.

"아, 아니요! 전혀 안 추워요!"

"그, 그래?"

격렬하게 반응하는 지희의 모습에 당황한 태령과 지희는
서로 또 다시 아무 말도 없이 가만히 앉아 있었다.

그렇게 10여 분가량을 조용히 있던 태령은 문득 이야기를
꺼내었다.

"지희야."

"네? 아, 네!"

갑작스런 부름에 지희는 상념 속에 빠져 있다가 깜짝 놀라 대답했다.

"우리 친하게 지내볼까?"

태령의 말에 지희의 두 눈이 동그래졌다.

"그냥… 여태 우리 이야기도 별로 안 해봤잖아."

태령의 말에 지희는 고개를 끄덕였다.

언제나 자신과는 거리를 두던 태령의 모습이 떠올랐기 때문일 것이다.

그래서인지 지금 태령의 말이 고맙기도 했다.

친하게 지낸다는 말은 그만큼 거리감이 없다는 뜻일 테니까.

"아까 내가 듣던 노래, 별로 안 좋아하는 것 같던데……."

"아, 아니요. 그, 그게……."

다시 어색한 분위기가 흐를 것 같자 태령이 장난 식으로 이야기를 했고 지희는 다시 당황했다.

"지선이가 말해줬었어. 너는 발라드 가수 좋아한다고."

버스에서 같이 나눠 들었던 노래는 힙합. 하지만 지선이 말해준 지희의 음악 취향은 달랐다.

지희는 우물쭈물거렸다.

속사포처럼 쏟아지는 랩, 빠른 리듬의 노래를 부른 가수가 누구인지도 모르면서 좋아한다고 한 게 부끄러워졌다.

“거짓말해서 죄송해요……”

다시 푹 떨구어지는 고개에 태령은 그 모습을 너무 귀엽다고 생각했다.

“그렇다고 죄송할 것까지는 없어. 그럼 너는 어떤 가수를 좋아하는데?”

어색했던 분위기가 태령의 노력으로 인해서 조금씩 누그러졌다.

“저는 솔직히 조금 오래된 노래들을 좋아해서……”

그런 사실이 조금은 부끄러운지 말끝을 흐리는 지희였다.

“그래? 노래 같이 들어볼 수 있을까?”

태령이 조금 더 적극적으로 나서자 지희는 다급히 들고 왔던 핸드백에서 이어폰을 꺼냈다. 핸드폰에 연결한 뒤 한쪽을 태령에게 건네주었다.

이어폰을 귀에 꽂자 은은한 발라드 노래가 들려왔다.

차분한 음색의 목소리가 달콤한 가사를 노래하는 음악이 이어폰을 타고 들려왔다.

하나같이 사랑 노래였다.

짝사랑에 관련되었거나 사랑에 행복해하는 노래를 듣던 태령은 말없이 하늘을 올려다보았다.

귀에서 들리는 노래에 집중하면서도 지희는 지금 이 순간 너무 행복했다.

오랫동안 짝사랑하던 오빠와 같이 사랑 노래를 듣는 이 상황이 너무 달콤했던 것이다.

지희도 태령을 따라 하늘을 올려다보았다.

오늘따라 여름의 밤하늘이 너무 맑다.

별이 보이지 않는 서울의 하늘과는 달리 인천 월미도의 하늘에서는 반짝이는 별 몇 개가 보였다.

"오늘따라 하늘이 맑네?"

태령이 말하자 지희는 고개를 끄덕였다,

"네. 별도 보이네요."

다시 이어지는 침묵 속에 같이 듣는 노래가 두 사람을 이어주고 있었다.

지금 지선과 유하, 재명, 그리고 지희가 데려온 세 명의 친구는 모두 수풀 속에 숨어서 두 사람이 앉아 있는 벤치를 몰래 지켜보고 있었다.

둘 사이의 어색한 적막이 흐를 때마다 여자애들은 손에 땀을 쥐고 바라보았고, 유하와 재명은 그 둘의 모습에 답답해서 죽으려고 했다.

"아니, 할 이야기가 그렇게 없나?"

참다못한 유하가 불퉁거리자 지선이 입을 틀어막았다.

"조용히 좀 해. 들리면 어쩌려고."

작게 속삭이는 지선의 말에 유하는 불만스런 표정으로 고
개를 끄덕였다.

이런 분위기라면 자신이 가져온 그것들을 쓸 타이밍이 만
들어지지 않을지도 모른다는 생각이 들었던 것이다.

"그나저나 너무 조용한데?"

조용히 바라보던 지선이 한마디 하자 지선이 동조하듯이
고개를 끄덕였다.

"지희가 좀 숙맥이기는 하죠."

지희의 친구들도 거들었다.

"어? 이어폰!"

유하가 호들갑을 떨자 모두들 유하를 짓누르면서 입단속
을 시켰다.

멀리서나마 뒷모습을 보았을 때 느껴지는 그 달콤한 모습
에 여자아이들은 모두 마음속으로 지희를 응원하고 있었다.

'지희야! 힘내!'

그러는 중에 유하가 몰래 뒤로 나왔다.

추섬추섬 무언가를 준비하기 시작하는 유하.

"뭐하는 거야?"

"아아, 내가 이때를 위해 준비한 이벤트!"

자부심이 가득한 유하의 모습에 지선은 어리둥절했다가
유하의 손에 들린 것을 보고 깜짝 놀랐다.

바로 폭죽이었기 때문이었다.

"야, 너 그거……! 여기서 터뜨리면 안 되는 거 몰라?"

"에이, 뭐 어때! 분위기 좋잖아?"

"안 걸리면 되죠, 오빠."

"조금 더 기다렸다가 터뜨리자."

재명이 거들고 지희의 친구들도 모두 원하는 듯하자, 지선도 어쩔 수 없이 눈감을 수밖에 없었다.

신나는 것은 유하였다.

주머니에서 라이터를 꺼낸 유하는 망설임없이 불을 붙였다.

팡! 팡! 팡!

폭죽이 하늘로 날아올랐다.

상쾌한 폭발음과 함께 여름 밤하늘을 불꽃이 아름답게 수놓았다.

팡! 팡! 팡!

말없이 밤하늘을 감상하던 지희와 태령은 갑자기 울려 퍼지는 폭죽 소리에 깜짝 놀랐다.

태령은 친구들이 멀리서 지희와 자신을 지켜보고 있다는 것은 알고 있었다. 하지만 이런 이벤트까지 할 줄은 몰랐다.

'쓸데없는 짓은…….'

하지만 태령과는 달리 지희는 밤하늘을 수놓는 화려한 불꽃에 감동을 한 모양이다.

"너무 이쁘다!"

하늘에서 눈을 떼지 못하고 있는 지희의 모습에 태령은 웃음이 났다.

순수한 그 모습에 미소를 짓지 않을 수 없었다.

"너무 이쁘죠?"

지희가 화려한 폭죽 때문인지 잔뜩 흥분해서 태령을 돌아보았다.

"응, 꽤 이쁘네."

태령도 작은 미소를 지으며 대답해 주었다.

'나름대로 멋진 이벤트네.'

"야! 이놈들아! 그곳에서는 폭죽 터뜨리면 안 돼!"

숨어서 지희와 태령의 모습을 보다가 폭죽을 터뜨린 나머지 친구들도 모두 밤하늘의 불꽃에 넋을 잃고 있었다.

그때 뒤에서 경비 아저씨가 빗자루를 들고 뛰어나왔다.

"으아아악!"

유하가 재차 폭죽을 터뜨리려다가 라이터를 버리고 도망갔다. 다른 아이들도 경비에게 걸리지 않기 위해 비명을 지르며 도망갔다.

막상 지희는 그들의 소란을 듣지 못했다. 밤하늘의 불꽃이 그만큼 아름다웠던 것이다.

'그래, 가끔은 이런 것도 괜찮겠지.'

불사에 가까운 자신. 언젠가는 자신을 두고 모두 죽어갈 친구들.

그런 어려운 이야기는 지금 이 순간 하등의 가치도 없었다. 단지 마계에서도 잊지 못한 친구들이 만들어준 이런 장면, 그리고 그 친구들 덕분에 알게 된 새로운 인연들.

더 이상 인연을 늘릴 생각은 없었지만, 아주 가끔은 이런 것도 좋을지 모른다.

태령은 친구들이 만들어낸 소란과 불꽃을 보면서 가만히 벤치에 등을 기댔다.

Chapter
08
개학, 그리고 분노

8월 25일.

우형고등학교의 개학일이다.

평소라면 아침 6시 기상인 태령이 오늘따라 새벽 5시에 일어났다.

"오늘이 개학일이지?"

여느 학생이라면 개학에 대해서 한숨부터 늘어놓겠지만 태령에게는 그렇지 않았다.

정말이지 오랜만이다.

80년이라는 세월을 격하고 오늘은 드디어 학교를 가는 것이다.

물론 마계에도 학교와 비슷한 것이 있었다.

다만 배우는 것과 그 분위기가 상이하게 다르다.

이곳에서는 현대 사회를 살아가기 위해서 필요한 교육과 진로를 위한 지식을 가르치지만 그곳은 아니었다.

단지 투쟁.

투쟁과 생존에 대한 것들을 위주로 가르친다.

학교가 학년으로 나뉘어지듯 그곳은 계급이 나뉘어져 있다.

평범한 마족은 투쟁에 관한 것을 배우지만, 귀족 클래스로 올라가면 더 다양한 것들을 배우게 된다.

기본적으로 마계 귀족들만의 예절이라든지 전투 상황에 대한 빠른 대처라든지 하는 것들 말이다.

한마디로 마계의 학교에서는 약육강식 세계에서 살아남는 법을 가르치는 것이다.

물론 태령도 그 학교에 가본 적이 몇 번 있었다.

무언가를 배우러 가는 것이 아니라 연설을 하기 위해 학교에서 초청을 했던 것이다.

막상 실제로 본 마계의 학교는 일개 성에 비유될 정도로 굉장했다.

중간계의 여느 성에 비교해도 꿀리지 않는 크기와 그 규모,

그리고 화려함을 지녔지만 그 속에서 죽어나오는 하급 마족의 수는 연일 산을 이룬다.

하지만 그만큼 살아남으면 기본적으로 하급 마족들은 중급 마족의 힘을 가지게 되고, 중급 마족은 상급 마족의 힘을 가지게 된다.

이 얼마나 짜릿한 유혹이란 말인가?

힘의 논리로 이루어진 마계에서 이런 신분 상승의 기회라면 목숨을 걸고 도박을 해볼 필요가 있는 것이다.

태령이 방문했을 때도 학생들의 눈에는 열의가 가득했다.

학구열이라기보다는, 마계에서 마왕을 제외하고 가장 강력한 힘을 지닌 존재에게서 강함을 얻는 방법 등을 뽑아낼 생각을 하고 있었던 것이다.

그 기억이 떠오른 태령은 조금은 씁쓸해졌다.

자신의 100년 인생에서 대부분을 그곳에서 지내며 살아왔었다.

그렇다보니 자연스레 그곳이 그리워지기도 했다.

하지만 지금은 이곳이 더 좋다.

잊고 지냈던 모든 것들을 얻을 수가 있는 곳이 바로 이곳이다.

태령은 샤워를 하고 나서 젖은 머리를 말리며 달력을 뚫어져라 쳐다보았다.

개학.

개학이라고 쓰인 날짜가 바로 오늘이다.

설레임.

지금 태령이 느끼고 있는 감정이다.

과연 학교로 갔을 때 무엇을 보고 무엇을 느낄 것인가?

살기 바빴을 때 얻지 못했던 것들, 누리지 못했던 것들 중 하나가 시험 기간이었다.

시험 기간은 태령에게는 환상의 기간이었다.

요즘 고등학교의 중간고사, 기말고사는 대부분이 1교시나 2교시만 하고 끝이 난다.

그렇게 되면 태령은 적당히 답을 찍고 부족한 수면을 보충한 다음 그 전날에 잡아둔 일일 아르바이트를 하러 나갔었다.

그렇게라도 돈을 벌어야 했었던 것이다.

다른 학생들이 시험 성적에 희비가 갈릴 때 태령은 그날의 일당에 희비가 갈렸다.

마계에서 그런 과거를 떠올리자 너무 처절해 보였다.

다시는 그러지 말자.

공부를 해야할 때는 정말 밤을 새서 해보기도 하자.

태령이 현대로 돌아와서 하기로 마음먹은 목록 중에서 두 번째에 위치한 항목이었다.

머리를 다 말린 태령은 실로 오랜만에 교복을 입어보았다.

전날에 사다둔 교복이다.

그 전의 교복은 정말 입기가 곤란했다.

몸이 조금 커진 바람에 바지에 다리를 넣자마자 부욱 하는 소리와 함께 찢어진 것이다.

바지의 밑단은 찢어져서 너덜너덜거리고 있었고, 가랑이 사이에는 덧댄 천들로 도배가 되어 있다.

상의도 문제가 심각했다.

단추도 몇 개가 떨어진 상태였다.

"이걸 어떻게 입냐……."

안타까운 건지 황당한 건지 모를 눈빛으로 교복을 바라보던 태령의 눈은 이상한 것을 발견했다.

교복 상의의 등 쪽에 뭔지 모를 구멍이 여러 개 뚫려 있었다.

"이거 왜 그런 거지?"

일을 할 때 교복을 입은 적은 없었다.

교복이라는 것 자체가 욕이 나올 정도로 심하게 비싸다 보니 자연스레 아끼게 되었는데, 웬 교복에 구멍이 나 있단 말인가?

도저히 그냥 무시하고 입을 만한 수준이 아니었다.

전에는 어떻게 입고 다녔었는지 기억도 안 난다.

마계에서 항상 좋은 옷과 좋은 것들을 걸치고 살았던 태령은 결국 새로 교복을 사기로 결정했다.

전에 입던 교복은 살짝 빨아주니 완전히 찢어져서 걸레가
됐다.

그렇게 된 김에 정말 걸레로 활용하기로 태령은 마음을 먹
었다.

태령은 입고 있던 옷을 벗고 어제 새로 산 교복으로 갈아입
기 시작했다.

하복만을 샀는데도 무려 26만 원이 들었다.

그마저도 한 시간가량을 걸어다니고 다녀서 찾은 가장 싼
교복이었다.

나름대로 슬림하게 나온 교복을 입은 태령의 모습에서 넝
마쪼가리 같던 교복을 입고 학교를 가던 우울한 과거의 태령
의 모습을 찾기는 무리였다.

교복을 입은 자신의 모습이 너무나 마음에 드는지 태령은
만족스런 미소를 지었다.

“역시 비싼 값은 하는 것 같네.”

교복도 패션이라는 말이 떠도는 세상이다.

태령의 몸이 워낙 훌륭한 길이와 비율을 가지고 있으니 그
냥 입어도 귀티가 나고 모델과 같은 기운이 풀풀 풍긴다.

거울에 비친 자신의 모습이 오늘따라 더욱 마음에 드는 태
령이다.

학교가 일제히 개학하는 날이기에 거리에는 학생들로 가득했다. 태령이 자주 다니는 둘러가는 길에도 학생들이 제법 많았다.

"태령아!"

그런 상황에 짜증이 나 있던 태령은 자신의 이름을 부르는 소리에 뒤를 돌아보았다.

지선의 얼굴이 보였다.

그리고 그 옆에 상기된 표정으로 따라오고 있는 한 여학생.

주변의 짧은 교복 치마를 입은 여학생들에 비해 긴 치마를 입은 청초한 모습의 지희.

요즘 TV에서 한창 교복 광고를 하는 아이돌이 이 모습을 본다면 눈에서 피를 토하며 도망칠 정도로 순수한 모습이다.

길게 내린 긴 생머리와 화장기가 없음에도 불구하고 뽀얗고 하얀 피부.

크고 동그란 눈망울과 오밀조밀한 이목구비.

무엇을 바르지 않은 것 같지만 붉은 앵두와 같은 입술.

완전히 아기 같은 얼굴이다.

하지만 몸은 지나가던 남자의 본능을 자극할 정도로 대단했다.

완벽한 서구적인 몸매.

요즘 언어로, 베이글의 전형이 무엇인지 보여주는 지희였
다.

괜히 주변 남고에서 여신으로 군림하는 것이 아니다.

"안녕하세요, 오빠."

환하게 웃으면서 인사하는 지희의 모습에 태령은 약간 짜
증이 풀어지는 느낌이 들었다.

"같이 갈래?"

지선이 태령을 보면서 묻자 태령은 고개를 끄덕였다.

"그래. 지희네 고등학교는 우리 학교에서 그다지 멀지 않
으니까 데려다 주고 가자."

태령의 말에 지선의 얼굴에 흡족함이 떠올랐다.

태령과 지희의 사이가 월미도 여행 이후 많이 가까워진 것
같아 보기 좋았다.

태령과 지선, 그리고 지희는 주변 학생들의 시선에도 아랑
곳하지 않고 같이 등교를 하기 시작했다.

여학생들은 태령과 지선에게 시선을 꽂았고 남학생들을
여신 지희에게 환호하고 있었다.

물론 속으로지만 말이다.

덤으로 눈으로 레이저를 쏠 기세로 지희와 하하호호거리
는 태령을 노려보고 있었다.

"그런데 오빠 교복 새로 사신 거예요?"

태령의 교복이 평소에 보던 게 아님을 처음 봤을 때부터 알고 있었던 지희는 조심스레 물었다.

"응. 어제 새로 샀어."

태령의 말에 지희의 눈이 동그래졌다.

교복이 요즘에 얼마나 비싼지 잘 아는 지희였기에, 태령의 구두쇠 본능이 어떻게 교복 구입을 허락했는지 궁금해졌다.

"얼마 주시고 사신 거예요?"

"26만 원 정도? 요즘 교복이 그렇게 비쌀 줄은 몰랐어. 무슨 교복이 메이커 옷들보다 비싼 거야?"

교복에 대한 불만이 터진 태령은 투덜거렸다.

그러자 끼어든 것이 지선이었다.

"그나저나 교복 새 거 입으니까 확실히 귀티 나네. 태령이 몸이 이렇게 길쭉했었나?"

지선이 태령을 쭈욱 훑어보면서 말하자 그는 은근히 콧대가 높아졌다.

그만큼 큰돈을 주고 샀으니 이런 말이라도 들어야 하겠다는 생각이 든 것이다.

"그래? 역시 비싼 건 값을 하는가 봐."

태령의 말에 지희와 지선은 쿡쿡거리며 웃었다.

그렇게 서로 이야기를 하면서 걷는 와중에 모두 학교에 도착하게 되었다.

우형고등학교에 도착한 태령과 지선, 지희.

원래는 셋이서 지희 학교까지 가기로 얘기했었지만, 지선은 미리 마음먹은 대로 태령만 보내려 했다.

"태령아, 네가 지희 학교에 바래다주고 와."

그 말을 들은 태령의 눈이 커졌다.

"응? 내가 왜?"

"솔직히 내가 데려다주는 것보다 네가 데려다주는 걸 지희도 바랄 거야."

지선답지 않게 은근히 장난기 어린 말로 말하자 듣고 있던 지희의 고개가 또 푹 숙여졌다.

아마 지희의 얼굴은 잘 익은 사과같이 빨갛게 물들어 있을 것이다.

태령도 지희가 부정하지 않는 것을 보고는 어쩔 수 없다고 생각했다.

"그래, 알았다. 먼저 들어가 있어. 시간도 많이 남았으니까 못할 것도 없겠다."

태령이 흔쾌히 승낙하자 놀란 것은 지희였다.

"그럼 잘 부탁한다."

지선이가 태령의 어깨에 손을 올리며 믿는다는 표정을 하자 태령은 웃음이 나오려고 했다.

언제 봐도 지선의 여동생 사랑은 각별한 것 같다.

워낙에 오빠를 잘 따르는 지희였기에 당사자들은 그다지 이상하게 생각하지 않았지만; 다른 이들이 보기에는 심각한 시스콤이라고 생각될 정도였다.

지희에게 무슨 일이 생기면 아마 지선은 눈을 까뒤집고 나설 것이다.

"얼른 들어가 봐. 내가 데려다주고 갈 테니까. 걱정하지 말고."

지선의 시스콤을 누구보다 잘 아는 태령은 그렇게 안심을 시켰다. 일단 태령에게 맡기긴 했지만 계속 불안했는지 교문 앞을 떠나는 두 사람을 계속 힐끔거리는 지선. 그런 그를 무시하고 태령은 지희와 함께 그녀의 학교로 향했다.

그다지 먼 거리는 아니었으나 오늘따라 길이 엄청 멀게 느껴졌다. 지희와의 사이에서 흐르는 어색한 침묵이 더더욱 그렇게 만들었다.

하지만 침묵을 먼저 깬 것은 그래도 태령이었다.

"좀 많이 머네? 이렇게 먼 줄은 몰랐는데……."

태령의 말에 지희의 고개가 더 푹 숙여졌다.

"죄, 죄송해요……."

너무 내성적이고 착한 아이다.

누군가 자신 때문에 힘들어하는 것을 절대 보지 못하는 여린 심성을 지닌 천사 같은 아이다.

태령은 지희의 고개가 숙여질수록 그녀가 귀엽게 느껴졌다.

"아, 아니야. 그냥 해본 말이니까 신경 쓰지 마."

무심결에 튀어나온 말.

그 말에 지희의 고개가 반쯤 들렸다.

이제 보니 얼굴이 홍시처럼 붉다.

너무 귀여운 아이.

순진한 마음을 지닌 아이이기에 조금은 거리가 느껴지는 것일지도 모른다.

하지만 그만큼 자신과는 어울리지 않는다.

지희와는 달리 태령은 수많은 생명을 죽인 살인마다.

수천, 수만의 천족이 태령의 손에 갈기갈기 찢어져 죽었고, 수천의 인간이 태령의 명에 따라 죽었다.

그래서인지 태령은 더욱 지희에게 조심스러울 수밖에 없었다.

월미도에서의 여행 이후에 문자를 자주 하면서 친해지기는 했지만 선을 그어놓고 그 선을 넘지 않고 있다.

아마 지희도 그것을 느끼고 있을 것이다.

하지만 지금 태령의 말에 지희는 그 선이 조금 앞으로 당겨지는 것을 느꼈다.

지희도 누군가를 좋아하게 된 것은 처음이다. 같이 있으면 설레기도 하지만 그만큼 어색한 분위기가 연출되기도 한다.

그럼에도 좋은 건 어쩔 수 없었다.

이렇게 자주 같이 있으면 그래도 덜 어색해질 테니까 말이다.

"아! 그리고 네가 추천해 준 노래, 정말 좋더라."

태령은 그날 밤에 지희와 같이 들었던 노래를 재명에게 부탁해서 핸드폰에 담았다.

그리고는 생각날 때마다 그 노래를 들었다.

그 노래를 듣고 있으면 왠지 웃음이 났다.

"저, 저도 오빠가 좋아하는 노래 다운 받았어요."

지희도 태령이 좋아하는 노래를 그날 집에 도착하자마자 인터넷을 뒤져 찾아내었고 항상 듣고 있었다.

그렇게 서로 노래에 대해서 이야기를 하는 동안 지희가 다니는 학교에 도착했다.

"그럼 들어가 봐."

태령이 정문 앞에서 지희에게 말했다.

"그럼 먼저 들어가 볼게요."

"학교 끝나고 심심하면 문자해."

태령의 마지막 말에 지희는 또 다시 얼굴이 붉어져 학교 안으로 들어갔다.

*　　*　　*

“여! 지희 데려다 주고 왔다면서?”

기억을 더듬어 반을 찾았을 때 가장 먼저 태령을 반긴 것은 유하였다.

반으로 들어선 태령을 반 아이들은 아무도 알아보지 못했다. 그래서 전학생인가 하고 의아해하고 있을 때 유하가 부르는 소리를 듣고 깜짝 놀랐다.

음울하고 음침한 분위기를 풀풀 풍기던 태령이 이렇게 변하다니…….

예전에 입던 그 허름한 교복은 어디로 가고 교복은 새것처럼 아주 깨끗했다.

게다가 긴 머리카락에 가려져 있던 얼굴이 드러나자 반 아이들은 탄성을 질렀다.

너무나 잘생긴 얼굴.

교복을 입고 가방을 멘 상태의 태령은 교복 전문 의류 매장의 모델 같은 포스를 풀풀 풍기고 있었다.

축축 처지던 걸음걸이는 어느새 자신있게 변했고, 음울했던 분위기도 바뀌어 왠지 생기가 돌며 무언가 범접할 수가 없는 느낌을 주었다.

반 아이들은 태령의 변한 모습에 자기들끼리 수군거렸다.

반에서 어울리지 못하고 유하나 재명, 지선하고만 노는 태령 때문에 반 아이들은 그들을 찌질이 사인방이라고 불렀다.

사교성이 없는 태령과 놀다보니 친구들도 자연스레 다른 아이들과 어울리지 못한 것이다.

물론 친구들은 그것에 대해서 그다지 크게 상관하지 않았다.

하지만 태령은 그것이 너무나 미안했었다.

자신 때문에 다른 아이들과 어울리지 못하는 것이 말이다.

하지만 지금은 아니다.

친구들이 자신 때문에 피해를 본 만큼 자신이 행복하게 만들 것이다.

지금 자신을 환하게 웃으면서 반겨주는 친구들.

자신과 친구들을 보면서 예전과는 다른 눈빛을 던지는 반 아이들.

태령은 가슴 깊이 다시 한 번 느꼈다.

'정말… 돌아오길 잘했어.'

아침 조례 시간 전.

유하와 재명은 자신들 반으로 돌아갔다.

1학년일 때에는 모두 같은 반이었지만 2학년이 되면서 나뉘어졌다.

그나마 태령에게 다행이라면 지선과 같은 반이라는 것.

"태령아, 괜찮아?"

지선이 태령을 보면서 물었다.

"뭐가?"

갑자기 괜찮냐고 물어보는 지선을 의아하게 바라보는 태령.

왠지 지선의 표정이 밝지 못한 것 같자 태령은 무슨 일인가 했다.

그러나 그 의혹은 얼마 가지 않아 풀렸다.

태령이 잊고 있었던 이들이 나타난 것이다.

태령의 성격이 워낙에 어둡다 보니 아이들과 어울리지 못하고 겉돌던 때.

어느 왕따에게나 그렇듯이 소위 학교에서 일진이라 불리는 녀석들의 마수가 태령을 향했었다.

항상 열심히 아르바이트를 하는 덕에 보통의 학생보다는 돈이 많았던 태령이다.

하지만 고시원비를 내고 학교를 다니면서 생활비로 지출하고 나면 남는 돈은 정말 작았다.

하지만 일진 녀석들의 시선에는 태령이 이를 악물고 벌었던 돈이 자신들의 유흥비로만 보였다.

전교생에게 왕따를 당하니 편을 들어줄 사람도 없고, 부모도 없으니 후환이 있을 리가 없다.

너무나 쉬운 상대였다.

태령은 그렇게 일진 녀석들의 먹잇감이 되었다.

그들은 매일같이 태령에게 돈을 요구했다.

하지만 이를 악물고 번 돈을 그냥 줄 수 없었던 태령은 항상 얻어맞을 수밖에 없었다.

옷은 일진들의 괴롭힘으로 찢어지고 헤졌고, 책상 위에는 유치하게도 찢어진 교과서들이 올려지기도 했다.

그런 괴롭힘에 정의감이 투철한 유하와 재명이 일진 녀석들에게 덤볐고, 지선도 그 싸움에 끼어들게 되었다.

물론 그들이 일진과 싸워 이기지는 못했다. 하지만 그 일이 있은 후 태령과 친구들은 누구보다 친해지게 되었다.

처음으로 누군가가 자신을 위해준다고 느꼈을 때의 그 감정은 정말 짜릿하기도 하고 뭉클하기도 했다.

그때의 기억이 난 태령은 무의식적으로 비어 있는 자리를 보았다.

아무렇게나 방치되어 있는 창가 쪽의 빈자리들.

일진 녀석들의 자리다.

그때 그 사건 이후로 같은 나이대의 일진 녀석들은 태령을 건드리지는 않았다. 하지만 그래도 항상 욕을 하고 몰래 장난을 치곤 했었다.

오래 잊고 있던 왕따의 기억을 떠올린 태령은 피식 웃고 말했다.

"괜찮아. 설마 방학도 지났는데 또 그러겠어?"

"네가 괜찮다면 괜찮은 거겠지. 그나저나 담임선생님은 왜 안 오시지?"

이미 조례 시간이 거의 다 됐음에도 불구하고 담임선생은 나타나지 않았다.

드르륵.

교실의 뒷문이 열리고 한창 웃고 떠들던 학생들의 시선이 뒷문으로 쏠렸다.

다섯 명의 학생이 들어왔다.

지선의 표정이 굳었다.

'그놈들이군.'

태령도 그들이 자신을 괴롭혔던 일진임을 직감했다.

하지만 그때와는 다르다.

태령에게 지금 그들은 벌레나 같은 존재다.

말 그대로 손짓만으로 그들을 쳐 죽일 수 있고, 그의 말 한 마디면 그들을 응징하기 위해 움직일 마족들이 수십만에 달한다.

비록 지금은 자신밖에 없지만 말이다.

"왔네……. 오늘은 안 올 줄 알았는데……."

지선이 하는 말을 듣고 태령은 그 녀석들이 제대로 학교를 나오지 않았던 사실을 기억해 냈다.

태령이 그 녀석들을 보고 그저 옛일을 생각하고 있을 때 지선의 표정이 심상치 않았다.

평소에는 태령 쪽으로는 오지도 않았던 녀석들이 여유만만한 표정으로 다가오고 있었던 것이다.

"우와, 권태령. 멋 좀 부렸네? 약 먹었냐?"

툭툭.

태령의 머리를 손가락으로 툭툭 치면서 시비를 거는 녀석들.

평소에 전교 왕따인 주제에 건드리지 못했던 것들이 짜증났던 그들이다.

조금만 더 손을 봐주면 통장도 알아서 갖다 바칠 것 같았는데, 유하와 재명의 존재로 인해 함부로 하지 못했다.

그저 몰래 장난을 치고 놀리는 것이 다였다.

하지만 뒷배를 얻은 이상 그따위 덩치와 쪼끄마한 녀석들이 문제가 될 것은 없었다.

지난 여름방학 동안 이들도 드디어 서클에 가입하게 된 것이다.

바로 일진회.

우형고등학교를 주변으로 하도 많은 고등학교가 운집해 있다 보니 그 학교에서 잘 나간다 싶은 녀석들이 모여서 그룹을 만든 것이다.

　이들은 오랫동안 그 서클에 가입하기를 희망했고, 그것이 방학 사이에 이루어졌다. 그러자 태도가 매우 의기양양해진 것이다.

　"교복 새로 빼입은 것 봐봐! 머리카락도 잘랐네? 나한테 말하지 그랬어. 바리깡으로 빡빡 밀어줄 텐데. 이따가 밀어줄게!"

　"키키키. 야야, 그 녀석 그냥 땜빵을 만들어 버리자."

　"오오, 그것도 좋네."

　다섯 명의 일진이 태령과 지선을 둘러싸고 태령의 머리를 이제는 손바닥으로 툭툭 치면서 시비를 걸었다. 지선이 참지 못하고 일어났다.

　"준형. 그만둬."

　"어이구, 고고하신 이지선님이 나서셨네? 그 근육돼지 새끼 부르시려구?"

　지선이 나서자 당황한 것은 태령이었다.

　처음에 머리를 툭툭 치면서 자신을 욕할 때는 그냥 참으려고 했다.

　계속해도 반응이 없으면 재미가 떨어져서 그냥 가겠지 싶었던 것이다.

　하지만 지선이 나서자 태령은 당황했다. 자신만 나서지 않으면 일이 커지지 않을 줄 알았는데, 그게 아니게 된 것이다.

“야야, 이것들, 편드는 거 봤냐? 이 고아새끼 편 드는 거 보
니까 네 부모님도 조금 있으면 죽겠네.”
 상식이라고는 눈곱만큼도 없는 준형의 말에 그 주위 패거
리가 실실 웃으면서 동조했다.
 “그러겠다. 키키키키.”
 “야야, 유하랑 재명이네 부모님도 죽을걸?”
 도를 넘어섰다.
 지선의 눈썹이 꿈틀거렸다.
 “그만해라.”
 항상 냉철한 지선이 화를 내는 모습은 정말 보기 드물었다.
 그러나 일진들은 그런 것에 아랑곳하지 않고 태령에게 다
시 눈을 돌렸다.
 “야, 너도 민폐야. 민폐. 너네 부모가 버렸으면 알아서 뒈
질 일이지, 바득바득 살아서 주변에 피해를 주…….”
 퍽!
 “너 이 개새끼! 아가리 안 닥치냐?!”
 태령의 눈이 동그래졌다.
 눈 깜짝할 사이에 벌어진 일이었다.
 지선이 준형이라는 녀석을 확 밀쳐 냈다. 그 힘에 밀려 나동
그라진 그의 위에 지선이 순식간에 올라타 주먹을 휘둘렀다.
 퍽퍽퍽!

그런 지선의 행동에 깜짝 놀란 패거리가 지선을 간신히 떼
어냈다. 반 아이들은 지선이 화내는 모습이 너무 의외여서 말
릴 생각조차 못하고 있었다.

"이 시발! 그 새끼 꽉 잡고 있어! 죽여 버릴 거니까!"

패거리가 몸부림치는 지선을 꽈악 잡자 준형이 벌떡 일어
나 주먹을 날리려 할 때였다.

"야! 담탱이 떴다!"

망을 보던 애가 소리치고 준형의 주먹이 멈칫했다.

"너 담임 가고 나서 보자."

준형이 눈에 진득한 살기를 품고 말했다.

지선 또한 살기등등한 표정으로 준형을 노려보았다.

이윽고 담임이 들어왔다.

"자자, 조용히 하고! 오랜만이다! 어라, 준형이! 오늘은 일
찍 왔냐?"

준형을 발견한 담임이 미간을 찡그리며 한마디 했다.

하지만 준형은 대답하지 않았다.

반 아이들 전체가 그런 준형의 눈치를 보고 있었다.

눈 밖에 안 나기 위해서 그냥 조용히 있는 것이다.

지선 또한 가만히 있었다.

다만 준형은 태령과 지선 쪽을 날카롭게 노려보고 있을 뿐
이었다.

그 모습에 담임은 무언가 직감적으로 눈치챈 듯이 서둘러 조례를 끝내었다.

"사고 치지 말고 열공해라! 그리고 태령이, 잠깐 교무실로 내려와."

"네. 선생님."

담임이 나가자 지선이 태령이에게 한마디 했다.

"태령아. 아까 저 개자식이 했던 말들 잊어버려. 너는 우리들한테 정말 소중한 친구야. 절대 우리한테 피해준 거 없어. 그러니까 우리한테 미안해하지 말고 저 새끼가 한 말들 전혀 신경 쓰지 마."

진지하게 말하는 지선의 목소리에서는 무언가 결연함까지 느껴졌다.

"고마워, 지선아."

지선의 말에 태령은 목이 메었다.

정말 소중한 친구들.

태어나서 처음으로 가지게 된 친구들과의 유대는 정말 깊고 두터웠다.

Chapter
09

일진회의 수난

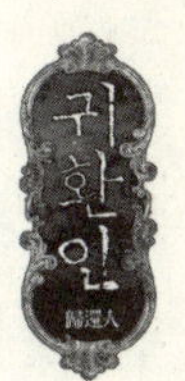

"태령아… 너도 많이 힘들고 어렵다는 것 알고 있다. 그래도 일단 고등학생의 신분이면 기본적인 공부는 했으면 좋겠는데, 무리겠니?"

태령은 담임을 따라 교무실로 내려온 상태였다.

담임은 태령에게 의자를 내준 후 그가 자리에 앉자 성적 이야기부터 꺼냈다.

담임도 태령의 사정을 너무나 잘 알고 있다.

그래서 손수 나서서 태령의 급식비라든지 학교 수업비 등을 자신의 사비로 조금씩 보태기도 했었다.

태령에게 고마운 사람 중에 하나였던 것이다.

"죄송합니다."

태령은 아직까지 학교 공부에 열중할 생각은 없었다. 공부를 해야 한다는 생각은 있지만, 당장은 앞으로 필요한 돈을 충분히 벌어놓는 것이 먼저라고 생각했다.

"공부를 하기에는 제가 너무 시간이 없어요."

"안 그래도 네가 그렇게 말할까 봐 내가 동기 부여가 될 만한 것들을 준비해 봤다."

담임이 내민 서류.

그것을 빠르게 읽어내린 태령은 서류를 손에 꼭 쥐고는 담임을 놀란 듯이 바라보았다.

"장학금이요?"

"그래. 이번에 아는 지인 분이 영어 성적이 좋은 학생에게 장학금을 지원한다고 하는구나. 학교 내에서 1등만 해도 고등학교 3학년까지 장학금이 나오고, 시에서 1등을 하면 상금까지 있다고 하더라. 너라면 충분히 해낼 것이라 믿는다."

담임도 태령이 자린고비에 짠돌이라는 것은 충분히 알고 있었다.

어찌 모르겠는가?

그럴 수밖에 없음도 잘 알고 있다.

그래서 준비한 것이 바로 장학금이었다.

　현재 태령의 지출 중에서 가장 큰 비율을 차지하는 것이 바로 학교에 내는 수업비다. 면제 받았다고 해도 고등학교 내내는 아니었다. 그 사실을 잘 아는 담임은 그것을 보상으로 태령에게 공부를 시키려 했던 것이다.

　그 효과는 탁월했다.

　지금 이 순간 태령은 곧바로 돈을 벌려고 했던 맘을 고쳐먹었다. 공부를 해야겠다고 열의를 불태우게 된 것이다.

　시에서 1등을 한다면 상금이 무려 1천만 원이다.

　태령이 숨만 쉬고 바코드만 찍었을 때 그 돈을 한 푼도 안 쓰고 모으면 일 년 가까이 일해야 벌 수 있는 돈이다.

　안 그래도 태령의 영어 실력은 근래 들어서 시작하긴 했어도 이미 수준급이었다.

　다른 외국인과 어느 정도 대화가 가능하고 작문도 가능한 태령이었다.

　하기로 한다면 동시통역도 거뜬하게 해낼지도 모른다.

　하지만 태령이 그렇게 실력이 좋다고 해도 서울시에서 태령만큼 하는 사람이 없을 리는 없다.

　외국에서 살다온 학생들이나 강남학군에서 키워지는 공부 괴물들을 떠올린 태령은 더욱 공부에 박차를 가해야겠다고 생각했다.

　"할게요! 하겠습니다!"

태령이 공부에 열의를 불태우자 담임도 자신의 작전이 먹힌 것에 흡족한 미소를 지었다.

성정이 굳고 단단한 태령이지만 움직이기는 그만큼 또 쉬웠다.

돈이 있어야 한다는 것이 문제였지만 말이다.

＊　　＊　　＊

"헉헉헉……. 아오, 개새끼. 쪽도 못 쓰는 게 까불고 있어."

거칠게 숨을 몰아쉬는 준형.

그의 앞에는 온몸에 심한 멍이 들어 있는 지선이 쓰러져 있었다.

뒷배를 얻은 자신에게 주먹을 휘두른 것에 눈이 뒤집힌 준형은 자신이 봐도 조금 심하게, 아니, 평생 누군가를 이렇게 심하게 때려본 적이 없다고 말할 수 있을 정도로 심하게 두들겨 패놓았다.

누워 있는 지선.

주변의 같은 반 아이들은 준형의 살기 어린 눈에 다가가지도 못하고 그 자리에서 패거리에게 얻어맞는 참혹한 모습을 보고 있어야 했다.

지선이 쓰러진 다음에야 정신을 차린 준형은 겁에 질리고

야 말았다.

'으으……. 뭐, 뭐야!'

"야, 준형아……. 이제 어떻게 해……."

"죽은 건 아닌 거 같아……. 숨은 쉬고 있어……."

주위의 패거리도 준형의 심한 폭력에 쓰러진 지선을 보고 후환이 두려운 듯이 말했다.

그러자 준형은 자신이 지선을 심하게 폭행했다는 사실을 부정하기 위해 소리쳤다.

"뭐가 어떻게야! 어차피 이 자식이 먼저 날 건드렸으니까 이 정도는 당연한 거야! 그 애미 애비 없는 왕따 새끼랑 어울리면 이렇게 되는 거라고! 알겠어?!"

준형이 주위를 둘러보면서 소리치자 같은 반의 아이들이 모두 시선을 피했다.

그들이 볼 때 지금의 준형은 그저 무서운 인간이었다.

패거리가 지선을 붙잡고 움직이지 못하게 하자 무차별로 주먹과 발을 날리던 준형의 모습에서는 광기까지 느껴졌었기 때문이었다.

"에이, 시발! 야, 나가자!"

준형은 주변에서 바라보는 시선들에 더 이상 버티지 못하고 욕설을 하며 밖으로 나가 버렸다. 준형의 패거리는 우물쭈물하면서 따라갔다.

눈앞에서 사람이 심하게 폭행당한 것을 보고, 그 행위에 참여까지 했으니 그만큼 돌아올 여파가 두려웠던 것이다.

드르르륵.

탁.

뒷문이 거세게 닫히고 준형의 모습이 복도에서 사라지자마자 아이들은 급하게 지선에게 뛰어갔다.

일단 서둘러 병원으로 데리고 가려는 생각이었다.

"빨리 119에 신고해!"

"잠만! 나 핸드폰 알 없는데……."

"알 있는 사람 없어?"

"나 있어!"

너무 혼란스러웠던 나머지 그들은 긴급전화는 알 없이도 가능하다는 사실을 아무도 깨닫지 못했다.

같은 반 아이들이 우왕좌왕하면서 신고를 했을 때 다시 뒷문이 열렸다.

아이들은 준형이가 다시 돌아온 줄 알고 몸이 경직되었다.

그들은 뒷문으로 들어온 사람의 정체를 보고 그제야 긴장이 풀렸다.

"이, 이게 어떻게 된 일이야!"

태령이었다.

담임과의 이야기가 길지 않았던 터라 금방 올라왔던 태령

은 복도에서 웅성대는 다른 반 아이들의 모습에 무언가 안 좋
은 예감이 들었다.

하지만 설마라는 생각을 했다.

같은 반 아이들이 있고, 선생이 왔었을 텐데 준형 패거리가
지선을 건드렸을까 했던 것이다.

종은 쳤지만 다른 볼일 때문에 선생이 늦게 올라온다는 사
실을 모르는 태령은 아이들 틈을 비집고 들어갔다.

그리고 반 아이들이 모여서 우왕좌왕하고 있는 모습을 봤
고, 그 사이에 쓰러져 있는 지선을 발견했다.

"누가 그런 거야……."

태령은 속으로 불같이 치밀어 오르는 분노를 꾹꾹 눌렀다.

이대로 폭주할 것 같이, 화가 머리끝까지 올라왔다.

마계에서였다면 이대로 분노를 터뜨렸을 것이다.

하지만 이곳은 한국. 그가 맘대로 분노를 터뜨려 폭주해도
되는 곳이 아니다.

태령은 태산 같은 정신력으로 이성을 되찾았다. 지금은 분
노보다 더 중요한 것이 있었다. 이성이 끼얹어진 머리가 차가
운 물로 씻어내린 듯 깨끗해졌다.

"준형이가… 담임이랑 네가 사라지고 나서……."

아이들은 태령의 몸에서 풀풀 풍기는 살기에 기가 눌려 간
신히 준형의 이름을 거론했다.

태령의 안에서는 태령의 감정에 반응해 폭사되려는 거대한 마력들이 몰아치고 있었고, 그 때문에 언뜻언뜻 두 눈동자가 황금색으로 바뀌려 했다.

초인적인 인내심으로 분노를 가라앉힌 태령은 아무 말 없이 지선을 부축했다.

"신고했겠지?"

태령의 조용한 말에 아이들은 미친 듯이 고개를 끄덕였다.

"너희들은 뭘 했지? 지선이가 이렇게 되는 동안 너희들은 뭘 했냐고."

참을 수 없는 분노를 속으로 가라앉히는 태령이 하는 말이 결코 평화로울 수가 없었다.

낮게 가라앉은 목소리에서 느껴지는 광포한 살기와 분노에 아이들은 본능적으로 공포에 질려갔다.

드래곤의 피어를 우습게 할 정도의 분노와 살기, 광기가 지금 태령의 거대한 정신력을 좀 먹어가기 시작했다.

꽉 쥔 두 주먹에서는 힘줄이 튀어나왔다.

"우, 우리는……."

"너희들도 똑같아."

태령은 더 이상 말할 이유가 없다고 생각했다. 더 있다간 정말로 큰일이 벌어질 수도 있다. 그는 조용히 지선을 부축하여 교실을 나서려고 했다. 그때였다.

"누구 때문에 지선이가 그렇게 됐는데."

아이들 중 누군가가 그렇게 중얼거렸다. 그 소리가 태령이 억눌러놓은 살기를 자극했다. 단숨에 태령의 몸에서 치솟은 살기가 교실을 집어삼켰다.

그 살기는 아이들의 뇌리를 뒤흔들었다. 몇몇은 그 정신적인 충격에 다리에 힘이 풀려 주저앉고 말았다.

태령을 자극한 아이는 그 와중에 똑똑히 보았다.

마치 어둠 속에 웅크린 짐승의 눈처럼 동공이 세로로 길게 찢어진 태령의 눈동자를.

"히, 히이이익!"

황금색으로 물든 눈동자에서 휘몰아치는 광기와 살기를 본능적으로 느꼈다.

그것은 맹수 앞에 놓인 작은 초식동물의 본능과도 같았다.

그 눈을 직접 바라본 아이는 그대로 정신조차 잃지 못하고 주저앉아, 교복 바지를 축축이 적셨다.

그런 모습을 차갑게 내려다본 태령은 몸을 돌렸다. 지선을 부축하여 사라지며 그는 한 이름을 씹어뱉었다.

"준형… 이 개자식!"

Chapter
10

태령의 분노

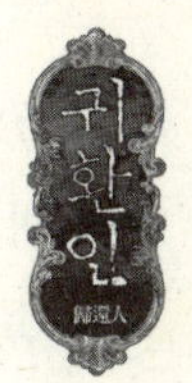

우형고등학교 근처의 병원.

부면병원의 입원실에 갑자기 두 명의 학생들이 뛰어 들어왔다.

무언가 굉장히 다급한 모습의 두 학생은 엘리베이터가 한참 걸릴 듯하자 계단으로 빠르게 뛰어 올라가기 시작했다.

힘들 법도 한데 그들은 쉬지도 않고 8층까지 달려 올라갔다.

"헥, 헥헥! 야… 아오 숨차! 태령이가 몇 번 병실이라고 했었지?"

"809호라고 했었어. 진짜 8층까지 뛰어 올라온 건 미친 짓이야. 아고…… 힘들어."

숨을 연신 몰아쉬던 그들은 비상계단의 문을 열고 나가 곧장 809호 병실을 찾았다.

"지선아!"

조용하던 병실의 문이 쾅 하는 소리와 함께 열렸다. 두 명의 학생이 들이닥쳤다.

바로 유하와 재명이었다.

유하의 쩌렁쩌렁한 목소리가 8층 병실을 울렸다.

다인실이었기에 그의 등장에 주변에서 온갖 눈치들이 쏟아졌다. 유하는 자신의 실수를 깨닫고는 조용히 지선이 누워 있는 침대로 갔다.

태령과 지선의 동생인 지희가 지선의 옆에 있었다.

지선의 상태는 한 눈에 봐도 위험해 보였다.

얼마나 맞았는지 눈두덩이는 잔뜩 부어올라서 앞이 제대로 보일지 의문이었고 손등도 심하게 부어올라 있는 상태였다.

게다가 다리 뼈에도 이상이 있는지 다리에 붕대가 잔뜩 둘러져 있었다.

그리고 지희는 눈물을 하도 흘려서 눈이 퉁퉁 부은 상태였고, 태령도 잔뜩 굳은 표정이었다.

그때 숨을 고르던 재명이 조금 안정이 되자 태령을 보고 물었다.

"도대체 어떻게 된 거야?"

지희는 대답조차 하지 못하고 다시 눈물을 흘렸다. 태령이 말없이 일어났다.

"지희야, 나 잠깐 애들이랑 이야기 좀 하고 올게."

태령이 나가자 유하와 재명은 눈물만 뚝뚝 흘리는 지희의 등을 토닥여 주었다.

"많이 안 다쳤을 거야. 금방 나을 거니까 너무 걱정하지 마, 지희야."

"그래, 오빠들이 지선이 이렇게 만든 자식들 다 혼내줄게! 유하가 평소에는 그다지 쓸 데는 없지만 싸움 잘 하는 거 알잖아."

재명이 눈물 흘리는 지희가 웃기를 바라며 웃기게 이야기했지만 반응은 없었다. 그나마 작은 입이 조금 열리긴 했다.

"고마워요……. 태령이 오빠 따라 가세요. 얘기해 주실 거에요……."

"응……. 힘내, 지희야."

"고맙습니다……."

유하와 재명이 병실을 나가고 지희는 혼자 병실을 지키게 됐다.

지희는 아직 정신을 잃고 있는 지선의 손을 잡아보았다.

준형에게 손까지 밟혀서 손에는 멍들이 얼룩져 있었다.

코도, 눈두덩이도 심하게 부어 있다.

그리고 심하게 맞은 탓에 팔뚝의 뼈과 갈비뼈에 금이 갔다.

전치 8주 이상.

누가 봐도 고등학생 한 명이 누군가를 때려서 난 것이라고는 생각되지 않는 상처.

병실의 다른 환자들이 유하와 재명이 찾아오자 자리를 피해주었기에 지희와 지선만이 있었다. 지희는 지선의 멍든 손을 꼭 잡고 고개를 푹 숙였다.

"하느님 아버지… 우리 오빠가 빨리 낫게 해주세요……."

지희는 눈물을 흘리며 기도를 하기 시작했다.

아버지가 큰 교회의 목사이고 어머니도 교회에서 일하시다 보니 어렸을 적부터 기도가 습관화되어 있던 지희였다.

오랜 습관이기도 하지만, 지금은 단지 습관에서 나오는 것이 아니었다. 온 마음으로, 진심을 다한 기도였다.

그러자 지희의 손에서 놀라운 일이 일어났다.

눈을 꼭 감고 간절히 기도하는 지희. 그래서 그녀는 보지 못했다, 자신의 손에서 일어나는 변화를.

지선의 손을 잡고 있는 지희의 손에서 희미하게 하얀 빛이 일어났다.

빛무리 같기도, 혹은 빛나는 안개 같기도 한 신기한 기운이었다.

그 기운에서는 때 묻지 않은 순수한, 성스럽기까지 한 느낌이 풍겨 나왔다.

하얀 기운이 지선의 손에 녹아들었다.

지금 무슨 일이 일어나는지 알지 못하는 지희는 그저 여전히 간절하게 기도할 뿐이었다.

'제발 우리 오빠가 빨리 치유되게 해주세요. 우리 오빠가 아프지 않게 해주세요……'

지선을 생각하는 지희의 마음. 그 기도의 간절함이 그녀 스스로를 진화시켰다.

지희의 깊은 곳에 잠들어 있던 불가사의한 능력이 서서히 깨어나고 있었다.

누구도 알지 못했다, 심지어 지희 그녀 자신마저도.

그러나 이것은 세계에 있어, 그리고 태령에게 있어 크나큰 변화가 되는 일이었다.

부면병원의 옥상.

환자들이 갑갑한 병실을 나와 바람을 쐴 수 있게 만들어 놓은 옥상에는 간단한 탁자와 그 위를 덮는 파라솔, 그리고 여러 개의 벤치가 놓여 있었다.

아직 한여름인 것을 증명하려는 듯 옥상 정원에 심어진 나무의 파릇파릇한 나뭇잎들이 보는 사람으로 하여금 마음의 안정을 이끌어내었다.

거기에 화분에 피어난 작은 꽃들이 옥상 정원의 분위기를 한참 평화롭게 만들어주었다. 병원 측에서 꽤나 공을 들여 디자인한 보람이 있는 곳이었다.

그런 만큼 옥상 정원에는 많은 환자, 보호자들이 즐겁게 바람을 쐬고 있었다.

옥상 정원 한쪽에는 세 명의 학생이 있었다.

근처의 우형고등학교의 교복을 입은 학생들.

태령과 유하, 재명이었다.

지선을 데리고 병원으로 왔던 태령은 담임이 배려를 해줘서 조퇴를 한 상황이었다.

태령의 과거를 잘 알고 있는 담임은 태령에게 지선이 아주 소중한 친구임을 잘 알고 있었다.

재명과 유하는 학교가 끝나자마자 보충수업과 야간자율학습을 하지 않고 담을 넘어 도망쳐서 이곳까지 뛰어왔다.

그들도 지선이 왜 병원을 왔는지 잘 알고 있었다.

평소에 유하가 벼르고 벼르던 준형이란 녀석의 소행이라는 것도 알고 있었다.

준형은 학교에서 그다지 유명한 녀석은 아니었다.

싸움 실력도 고만고만했고 그렇다고 집안이 억 소리 나는 부자도 아니었다.

그저 반반하게 생긴 얼굴밖에 없는 그런 녀석이었다.

자신보다 못한 학생을 욕하고 때리며 자신의 모자란 부분을 채우려는 엇나간 성격의 소유자.

애초에 공부에 관심도 없다 보니 자연스레 밖으로 나돌게 되었고, 그러다 접한 일진 녀석들의 문화는 준형의 관심을 끌게 되었다.

그들의 무리에 끼고 싶었던 준형은 주변의 학생들에게서 금품을 갈취하기 시작했고 그렇게 갈취한 돈을 이 주변 지역의 일진회에 가져다 받치면서 가입을 원했다. 이번 가입은 그렇게 1년 가까이 공을 들여 얻게 된 성과였다.

그리고 준형은 일진회라는 뒷배를 얻자 기고만장해졌고, 평소에 눈엣가시였던 태령을 건드리게 되었던 것이다.

유하와 재명은 주변의 아이들에게서 지선이 어떻게 맞았는지 들었다. 그리고 곧장 준형을 찾아갔지만 이미 준형은 학교에 없었다.

마땅한 사유도 없어 조퇴도 못한 그들은 병원에 와 지선의 상태를 보자 더더욱 열이 뻗쳤다.

"얘기 들었어. 준형이 그 자식 짓이라면서? 이 개새끼! 이번에는 정말 죽여 버리겠어!"

유하가 끓어오르는 분을 참지 못하고 당장에라도 준형을 찾아가서 때려죽일 것처럼 말했다. 일단 재명이 말렸다.

"어딨는 줄 알고 찾겠다는 거야? 조금만 참아!"

재명이 유하를 말리는 동안 태령은 아무런 말도 하지 않고 그저 옥상 정원의 난간 너머로 펼쳐진 다른 건물들의 풍경을 바라보고 있었다.

"야, 권태령! 너는 그때 뭐했어? 지선이가 저렇게 얻어맞는 동안 뭐했냐고!"

유하는 참을 수 없는 분을 결국 태령에게 쏟아냈다.

"……."

"태령이가 무슨 잘못이냐! 준형이 그 새끼가 죽일 놈이지!"

재명이 유하를 뜯어말렸지만 유하는 분을 참지 못해 연신 씩씩거렸다.

한참 동안이나 말이 없었던 태령은 시선을 돌려 유하와 재명을 바라보았다.

"내가 알아서 할게. 나 때문에 일어난 일이니까."

유하와 재명을 뭐라고 하려 했지만, 태령의 눈을 본 순간 입을 다물어야 했다.

겉으로는 아무렇지도 않아 보이지만 그의 눈동자 안에서는 감정이 소용돌이치고 있었다.

분노와 살기, 인내, 후회 등의 감정들이 모두 섞여 있었다.

"너……."

재명이 태령의 눈빛에서 무언가를 읽은 듯이 입을 뗐다. 그러나 먼저 태령이 말을 잘랐다.

"내가 알아서 할게. 너희는 지희 좀 보살펴 줘. 지희가 많이 힘들 거야."

태령은 그 말을 끝으로 옥상 정원에서 먼저 나갔다.

유하와 재명의 심정은 복잡해졌다.

태령은 단순히 친한 것을 넘어 우정과 의리를 지키며 쌓아 온 유대감이 있는 친구다.

아직 2년밖에 알고 지내지 못했지만, 그 안에 태령과 친구들이 쌓은 우정은 십년지기의 그것보다 두터웠다.

그들은 태령이 자신들을 얼마나 소중히 여기는지 너무나 잘 알고 있다.

태령의 과거를 자세히는 아니지만 그래도 어느 정도 들어 알고 있는 그들이다.

어렸을 적부터 사랑을 받지 못하고, 학교에서도 왕따를 당한 태령. 고아원에서도 같은 괴롭힘에 시달려 어디 하나 마음을 안주할 곳이 없었던 그에게 처음 생긴 인연이 자신들이었다.

태령의 생애 최초로 맺어진 인연.

그런 친구들은 태령에게는 다른 이들의 친구와는 다른 의

미였다.

　이전의 태령이 죽을 용기가 없어서 살았자면, 친구들이 생기고 난 후에는 그들을 위해서라도 살아야 한다고 생각할 정도였다.

　그렇게 정과 사랑에 굶주렸던 태령의 가장 친한 친구가 누군가에 의해 구타를 당했을 때, 그 분노를 친구들은 짐작조차 할 수가 없었다.

　하지만 가늠할 수는 있었다.

　태령의 마음을 이해한 재명과 유하는 먼저 나가는 태령의 뒷모습을 그저 바라볼 수밖에 없었다.

＊　　　＊　　　＊

　태령은 병원을 나와 미친 듯이 준형과 그 패거리를 찾아 헤매었다.

　실로 오랜만에 마력까지 사용하고 있었다.

　고층빌딩과 건물들의 옥상 위를 질주하는 태령의 모습은 평범한 사람들이 봤다면 귀신이라고 난리를 칠 만한 모습이었다.

　하지만 태령이 스스로를 어둠으로 둘러싸자 순식간에 어둑어둑해진 하늘과 대기에 녹아들었다.

평범한 사람의 눈에 띨 일이 없었던 것이다.

그렇게 한참을 달리던 태령은 어느 순간 우뚝 멈춰 섰다.

"아냐… 이렇게 찾아다니는 건 너무 비효율적이야."

이런 진행이라면 하루가 지나도 찾는다는 보장이 없다.

어느 고층빌딩 옥상의 난간에 올라서 있는 태령은 최대한 자제했던 마력을 적극적으로 사용하려 했다.

본디 마력이라는 것 자체가 인간의 몸에 굉장히 해롭다.

인간의 생체 마나가 마력이 가진 호전적이고 광폭한 성질을 받아들이지 못하기 때문이다.

하지만 태령은 예외였다.

차원이동으로 인해 평범한 인간의 생체 마나가 사라진 것이다.

더없이 순수하게 비워진 몸은 마족의 마력을 너무나 쉽게 받아들였고, 마족을 넘는 수준으로 마력을 다룰 수 있게 했다.

태령은 난간 위에 서서 마력을 아주 옅게 퍼뜨리기 시작했다.

마력의 그물을 사방에 퍼뜨려 원하는 사람을 찾기 위해서다.

사람마다 가지고 있는 특유의 마나 성질을 잘 아는 태령은 이미 준형의 마나 성질 또한 파악하고 있었다.

처음부터 이 방법을 사용할 생각을 하지 않은 것은 아니다. 하지만 이 마력의 영향권 안에 든 사람들이 정신을 잃을 수도 있기에 자제하고 있었다.

그러나 지금은 준형을 찾는 것이 우선이라 여겼기에 최대한 마력의 양을 줄이고 있었다. 아마 평범한 사람이 마력을 느낀다면 소름이 돋고 끝날 정도의 수준이었다.

태령은 지금 극도로 집중했다.

아주 엷게 펼쳐낸 마력의 그물이다 보니 그만큼 느껴지는 마나의 특성들이 흐릿해져 있었던 것이다.

게다가 그 범위가 계속해서 넓어지고 광범위해지다 보니 태령은 저절로 흐르는 땀을 어쩔 수가 없었다.

그나마 그의 정신력이 엄청나서 다행이지, 아니었다면 시도조차 못했을 일이었다.

'어디 있냐…… 어디에 있는 거냐, 준형!'

그렇게 극도의 집중을 하며 자신의 기감을 더욱 예민하게 하던 태령은 30분의 시간이 흐르고 나서야 준형으로 보이는 마나를 발견했다.

퍼뜨린 마력을 다시 수습한 태령은 고민조차 하지 않고 빠르게 앞으로 쏘아져 갔다.

건물의 옥상 위를 다시 한 번 질주하는 태령은 목표를 정하자 발도 거의 디디지 않고 하늘을 날듯이 이동했다.

태령의 발밑으로 휙휙 지나가는 건물과 사람들.

도로 위를 달리는 차들의 속도는 이미 넘어선 지 오래다.

육안으로도 그 빠르기를 알아볼 수 없을 정도로 달리던 태령은 빠르게 도로 위로 내려섰다.

아직은 깊지 않은 밤.

낮의 잔재가 남아 있는 밤이었다.

길거리 위에는 퇴근을 하는 사람들이 돌아다니고 있었고, 각자의 바쁜 일상 때문에 주변에 신경조차 쓰지 않았다.

그들이 그냥 무심코 지나치는 골목길의 끝에 자리 잡은 창고.

그 창고에서 준형의 마나가 느껴진다.

태령은 도로 위에 내려선 채 골목길을 바라보았다.

대충 안에서 느껴지는 마나는 여덟 개 정도.

태령의 눈동자가 심유하게 가라앉았다.

더 이상의 광기도 살기도 찾아볼 수가 없는 상태.

지금 이 순간 태령의 정신은 완벽에 한없이 가까워진다.

태령의 눈동자가 짙은 황금빛으로 물들었다.

강력한 정신력을 완벽에 가깝게 만들고, 그 속에서 분노라는 감정을 만들어낸다.

스팟—

태령의 신형이 차가 빠르게 질주하는 도로 위에서 사라

졌다.

팟!

태령이 작은 먼지바람을 일으키며 나타난 곳은 골목길로 들어서는 입구.

극도의 무심함.

생명의 기억마저도 티끌처럼 느껴지게 만드는 무심함과 완벽한 포커페이스가 태령의 얼굴에 떠 있었다.

안으로 천천히 걸어 들어가면서 태령의 몸을 둘러싸던 은신이 풀리고 천천히 모습이 드러났다.

태령은 여전히 교복을 입은 상태였다.

교복을 천천히 벗은 태령은 그대로 말아 골목길의 한쪽에 툭 던져 두었다.

그냥 보면 어느 학교 교복인지 잘 모르기에 바지는 신경 쓰지 않았다.

어느덧 골목길 끝의 창고 앞.

창고 문의 손잡이는 자주 사용하는지 먼지가 없었다.

태령은 문을 열고 안으로 들어섰다.

온갖 쓰레기가 잔뜩 널린 창고 안이 보였다.

한쪽에는 대충 쓸어둔 듯한 쓰레기들과 침대 매트리스, 그리고 온갖 종류의 박스들이 잔뜩 널려 있었다.

바닥에는 담배꽁초들이 가득했고 창고의 안쪽에서는 담배

연기가 자욱했다.

심심치 않게 소주병과 맥주병도 발견되었다.

어설프게 못이 서너 개 박힌 나무방망이가 한쪽 벽면에 기대어 있는 모습도 보였다.

'한심한 새끼들.'

태령은 그 현장만으로도 그들이 평소에 무엇을 하면서 지내는지 잘 알 것 같았다.

저쪽에 작은 탑을 이루고 쌓여 있는 컵라면들.

모두 안이 깔끔하게 비워진 용기들이었다.

태령은 시선을 창고의 깊은 곳으로 돌렸다.

침대 매트리스와 나무판자들로 막힌 작은 공간.

그 안에서 들려오는 욕설과 구타음에 태령의 눈살이 찡그려졌다.

들려오는 익숙한 목소리.

"이 시발 새끼는 왜 이것밖에 안 가져와! 너 일진회가 우습냐? 나도 일진회라고! 아오, 이 개새끼도 이지선처럼 만들어 버릴까?"

움찔.

준형의 입에서 지선의 이름이 거론되자 태령의 몸이 순간적으로 움찔거렸다.

방금 태령이 본능대로 움직였다면 저 작은 공간 안에 있는

모든 인간들이 태령의 한 수에 쓸려서 잘 다져진 고기가 되어
버릴 것이다.

태령은 그 자리에서 더 이상 시간을 지체하기 싫은지 마력
을 이용해서 침대 매트리스를 뒤로 날려 버렸다.

태령을 지나 빠르게 튕겨져 나가는 침대 매트리스는 창고
의 벽에 부딪혀 큰 소리를 내며 떨어졌다.

쾅!

바닥에 쌓여 있던 더러운 먼지가 담뱃재와 같이 피어올랐
다.

"뭐야, 시발!"

태령은 침대 매트리스가 날아가면서 나머지 나무판자들이
넘어지자 안의 광경을 모두 볼 수가 있었다.

안에는 준형을 필두로 한 패거리 중에 세 명이 있었고 두
명의 학생이 몸을 둥그렇게 말고 고통에 신음하고 있었다.

그리고 그 두 학생 사이에서 씩씩거리고 있는 준형을 볼 수
가 있었다.

태령의 깊게 가라앉은 두 눈에 번쩍이는 빛이 감돌았다.

여전히 황금빛으로 빛나는 태령의 두 눈.

"너냐? 이 고아 시발 놈이 어떻게 여길 알고 온 거야? 눈깔
은 뭐냐? 렌즈 꼈냐?"

준형이 태령을 보고는 시비를 걸기 시작했다.

패거리도 평소에 자신들의 밥이었던 태령이 이곳으로 오
자 서로 떠들면서 비웃기 바빴다.

"키키키킥, 이 새끼 뒈질라고 여길 왔냐?"

"아오! 너 때문에 시발 지선이만 존나게 불쌍하지, 뭐."

또 다시 지선의 이름이 그 녀석들의 입에서 튀어나오자 태
령은 참지 못하고 한마디 했다.

"다시 한 번 그 이름 지껄이면 주둥이를 모두 찢어놓겠어."

낮게 으르렁거리듯이 말하는 태령의 말에 준형 패거리는
순간 소름이 돋는 것을 느꼈다.

'뭐, 뭐야? 내가 지금 이 호구한테 쫀 거야?

순간 말을 잃은 그들의 머리에는 자신들이 태령에게 얻어
맞는 장면이 떠올랐다. 놀랍게도 그 장면은 굉장히 진실성있
게 다가와서 그들을 자리에 주저앉게 만들었다.

'형편없군.'

태령은 경멸과 함께 평가했다.

'단순한 감정 변화조차 견디지 못하고 주저앉다니.'

그리고 준형.

그는 태령의 말 한마디에 겁을 먹은 패거리를 보며 무슨 창
피냐면서 소리쳤다.

"뭐하는 거야, 시발! 형님들이 보고 계시잖아!"

작은 공간의 더욱 안쪽에는 조용히 이 상황을 바라보고 있

는 두 명이 있었다.

모두 운동으로 다져진, 한눈에도 단단해 보이는 팔뚝을 가
지고 있었다.

팔뚝을 가로지르는 두 줄기의 상처.

꽤나 험해 보이는 인상을 지닌 채 준형과 태령을 흥미진진
하게 바라보고 있었다.

"형님들, 죄송합니다."

준형이 그 둘을 향해서 고개를 숙이자 그들이 피식 웃으면
서 손을 내저었다.

"아아, 괜찮으니까 저 녀석 정리하고 나머지 그 둘도 정리
해. 그리고 저 셋, 일진회에서 강퇴당하는 거 알고 있지?"

한 명이 웃으면서 말하자 준형은 식은땀이 흘러내리는 것
을 느꼈다.

"네, 넵!"

잔뜩 기합이 들어 있는 준형의 대답이 크게 창고를 울렸다.

"이제 넌 뒈졌다."

준형은 벽면에 달려 있는 몽둥이를 쥐었다.

역시 못이 박혀 있는 것이었다.

"이래서 텔레비전이 애들을 망친다니까? 그 따위 것을 믿
고 덤비는 건 정말 비추천해 주지."

태령의 비웃음에 준형의 얼굴이 빨개졌다.

자신이 봐도 이 못 박힌 몽둥이는 서툰 티가 너무 나서 매우 어설펐다.

"이 시발 놈이! 이게 주둥이에 박히고도 그딴 말이 튀어나오자 보자고!"

준형은 눈앞의 상대가 부모도 없고 친인척도 없는 태령이라는 사실에 매우 감사했다.

그는 지선 때문에 안 좋았던 기분을 지금 바닥에서 눈치를 보고 있는 두 녀석한테 풀고 있었다.

하지만 분은 전혀 풀리지 않았다.

술까지 마시고 화풀이를 해대던 상태에서 나타난 태령은 정말 하늘이 준 선물 같았다. 그가 단단히 몽둥이를 잡았다.

그 모습에 패거리의 안색이 변했다.

바닥에서 눈치를 보던 아이들도 후다닥 몸을 일으키더니 살인이 일어날 듯한 현장에서 서둘러 도망쳤다. 준형 또한 그들을 막지 않았다.

"넌 오늘 뒈지는 거야. 내가 이지선 옆에 묻어줄게."

준형이 취기에 말라붙은 입술에 찐득한 침을 바르며 중얼거렸다.

이미 눈가에는 취기 때문에 이성이 있을 때의 또렷한 빛은 없었다. 혼탁한 광기와 살기만이 감돌았다.

그 모습에 태령은 피식 웃었다.

“감히 한낱 벌레 같은 것이 나를 향해 눈을 부라리는구나. 그 죄, 죽음을 넘어서는 고통으로 갚아라.”

마계에서의 말투가 분노에 의해 자연스레 튀어나왔다.

“무슨 헛소리야!”

준형이 오른팔을 크게 휘둘렀다.

패거리는 모두 피떡이 될 태령의 모습을 예상했다. 그 잔인한 장면을 보지 않기 위해 두 눈을 감았다.

하지만 그들이 예상했던 타격음은 들리지 않았다.

빠직!

도리어 전혀 다른 소리가 들려왔다.

그들이 질끈 감았던 슬그머니 떴을 때 보인 것은 태령의 손에 잡힌 준형의 몽둥이였다.

태령이 미묘한 미소를 흘리며 주먹을 쥐었다. 빠직! 다시 한 번 소리가 들리며 몽둥이가 못까지 함께 구부러져 부서졌다.

마치 종잇장과도 같은 모습이었다.

준형은 그 모습을 보고 알딸딸하게 올랐던 취기가 모두 사라짐을 느꼈다.

눈앞에서 펼쳐진 말도 안 되는 상황은 준형이 아무런 생각도 못하게 만들었다.

준형이 현실과의 괴리감 때문에 멍하니 있다가 제정신을

차렸을 때, 눈앞에는 이미 태령의 주먹이 날아와 있었다.

뻐억!

살과 살이 부딪쳐서 만들어지는 소리가 아니었다.

마치 쇠파이프로 엉덩이를 후려치는 듯한 소리가 들리고 준형의 몸이 붕 떴다.

그것이 끝이 아니었다. 태령은 준형의 붕 뜬 다리를 잡고, 그대로 벽면을 향해서 던졌다.

쾅!

철푸덕.

단 3초도 걸리지 않았다.

준형의 살인적인 공격을 막아내고 기절시키는 데까지 말이다.

“……!”

“저, 저럴 수가…….”

그 장면을 바라보던 패거리들은 물론이고 뒤에 있던 일진회의 3학년들도 현실과의 괴리감에 정신을 못 차리고 있었다.

기절해 버린 준형의 지그시 내려다보던 태령이 눈을 돌렸다.

“자, 다음 나와.”

태령이 손을 까딱거렸다.

패거리는 고개를 미친 듯이 가로저었다.

"왜? 아프고 싶지 않은가 보지? 고통스럽지 않고 싶어?"

이번에는 아무도 움직이지 못했다.

고요하게 적막감이 창고를 가득 메운다.

피식.

태령은 피식 웃고는, 쓰러져서 미동조차 하지 않는 준형에게 다가갔다.

안면을 강타한 주먹에 의해 코가 함몰되고 광대뼈가 주저앉았다.

그리고 벽에 강하게 부딪치면서 갈비뼈 두어 개가 그대로 날아갔다.

태령은 그런 준형의 등을 발로 강하게 내려찍었다.

빠악!

"끄어어어……."

부들부들.

준형은 실신한 상태에서도 극심한 고통에 몸을 부들부들 떨었다.

그가 공격당하고 있어도 패거리는 움직일 수 없었다.

아니, 몸이 안 움직여졌다.

눈조차 감아지지 않았다.

몇 번의 구타로 준형을 완전히 잠재운 태령은 비릿한 미소를 지으며 입을 열었다.

"난 절대 죽이지 않아. 대신 너희는 다시는 두 발로 걷지 못할 것이며 평범한 삶을 누리지 못하게 될 것이다. 내가 너희들의 평범한 삶을 가져가겠다."

태령이 손을 들었다. 그 손 위에는 마력을 뭉쳐 만든 둥그런 구가 있었다.

그것이 무엇인지 인지조차, 이해조차 못하는 패거리가 보는 앞에서 태령은 그 마력구를 준형의 등판에 후려쳤다.

"끄으으……! 끄윽! 컥! 끄아아아아악!"

그 고통은 준형을 실신 상태에서 각성하게 만들었다. 엄청난 고통이 끊어졌던 신경을 다시 부활시킨 것이다. 덕분에 그는 고개를 꺾이게 만드는 엄청난 고통에서 도망치지도 못하고 온몸을 뒤틀었다.

비명이 창고 안을 가득 메웠지만 이미 태령이 마력의 장막으로 소리까지 가두었다.

마력의 장막을 거두지 않는 한 이곳은 태령만의 공간이었다.

나가는 것도, 들어오는 것도 불가능하다.

그것이 소리라고 할지라도 말이다.

"끄아아아악! 으아아아아악!"

여전히 고통을 호소하며 온몸을 비트는 준형. 그 모습에 처음의 흥미로워하던 태도는 온데간데없고 살고 싶다는 표정이 가득해진 일진회의 3학년 한 명이 비명을 지르며 일어났다.

"히, 히익! 나, 난 죽고 싶지 않아!"

자신도 저렇게 되고 말 것이라는 본능의 경고였다. 그는 도망치려 했다.

"병신 같은 새끼."

태령은 간단한 동작으로 그 행동을 멈추게 했다.

바로 마력의 구를 순식간에 생성해 낸 다음 빠르게 쏘아낸 것이다.

"끄아아아악!"

온몸을 급습하는 엄청난 고통에 일진회 3학년도 온몸을 비틀며 고통을 호소하기 시작했다.

사태가 이쯤 되자 준형 패거리와 일진회는 더 이상 아무 행동도 못했다.

태령의 기묘한 공격을 당한 두 사람이 죄다 바닥을 뒹굴며 사람 같지 않은 비명까지 내지르는데, 그들이 더 이상 무엇을 할 수 있을까.

"사, 살려줘……."

패거리는 태령의 압도적인 존재감에 급기야 목숨을 구걸하기 시작했다.

"우리가 잘못했어! 제발… 살려줘……!"

극심한 공포에 정신줄을 놔버린 한 녀석은 이미 혼절을 했는지 쓰러진 채 미동도 없었다. 남은 두 명은 악마처럼 보이는 태령에게 목숨을 구걸하고 있었다.

"이제 끝내자."

태령의 말이 끝나자마자 그들은 흠칫 몸을 떨었다.

"제발……."

태령은 그들의 애처로운 표정에도 불구하고 한 명의 머리를 잡은 채 그대로 들어 올렸다.

엄청난 악력과 완력으로 인해 머리통이 잡힌 채 몸이 들리는 녀석.

극심한 공포에 질려 태령이 손을 들어 올리자 오줌까지 싸고 말았다.

주르륵.

바지를 타고 흐르는 오줌 냄새에 태령은 인상을 구긴 다음 그대로 벽을 향해 집어 던져 버렸다.

쾅!

죽지 않게 완력을 조절했지만 소리는 크게 나게 만들었다.

그 효과는 탁월했다.

굉음을 내면서 쓰러진 그의 입에서 부러진 이들이 튀어 나왔다. 폭포처럼 쏟아지는 피가 죽음까지 짐작하게 만들었지만, 그는 결코 죽지는 않았다.

‘괴, 괴물……!’

태령은 가차없는 그의 성정에 뇌리를 공포로 장악당한 다른 패거리 한 놈에게 손을 뻗었다.

무언가에 빨려 들어가듯이 그는 대번에 태령에게 머리를 잡혔다.

그 순간 느껴지는 절망.

죽음이라는 공포에 한없이 가까워지는 느낌에 그 녀석은 주마등까지 보았다.

다시 한 번 굉음이 울렸다.

콰!

털썩.

똑같이 이가 몽땅 부러져 입 밖으로 튀어 나왔다.

패거리 중 한 명은 기절했다가 그 굉음에 눈을 떴다. 아주 잠시 사이에 두 명의 동료가 피범벅이 되어 쓰러져 있는 모습을 보게 된 그는 차라리 계속 기절해 있을 걸 하는 생각을 했다.

그러나 태령과 눈이 마주치는 순간 그런 생각조차 날아가고 절망만이 그의 눈빛에 내려앉았다.

“네가 마지막인가?”

태령은 또 다시 손을 뻗었다. 녀석을 끌어당기는 무형의 힘이 엄습해 왔다. 이내 태령의 손에 머리가 잡혔을 때, 녀석은 이렇게 생각했다.

'아… 난 결국 이렇게 개죽음 당하는구나…….'

쾅!

어김없이 들린 굉음.

준형 패거리가 모조리 쓰러졌다.

더욱 무서운 것은 그렇게 비명과 굉음이 울렸는데도 창고 밖에서는 아무도 달려오지 않는다는 것이다.

그 상황에 남은 일진회 3학년은 몸을 부들부들 떨었다.

'이렇게 개죽음 당하고 싶지 않아! 내가 왜 이런 일을 당해야 해? 살려줘……!'

살고 싶다는 생각이 머릿속을 가득 채웠다. 실제로 아무도 죽지 않았음에도 그런 사실은 공포에 짓눌린 그에게는 전혀 중요하지 않았다.

"살려줘……."

구차하다.

이제껏 그가 때리고 인생을 망친 여자아이가 몇 명이며 자신 때문에 학교를 다니지 못하는 남학생이 몇 명인지 알지 못하는가?

남자친구가 있는 여학생이 마음에 든다고 술을 먹이고 관계를 맺은 적도 있다.

그런 그가 지금 이곳에서 목숨을 구걸할 자격이 될 것인가?

그러나 그런 생각을 할 여유는 되지 못했다.

지금 이 순간에도 태령은 그를 향해 걸어오고 있었다.

거리가 점차 가까워진다.

자꾸만 보게 되는 피로 물든 태령의 오른손.

한 번씩 벽에 머리를 후려칠 때마다 피가 튀면서 손에 묻었던 것이다.

뚝뚝 떨어지는 피.

"살려줘! 제발 여기 살인마가 있어요! 살려줘요!"

혼자 남은 녀석은 그대로 달려가 벽을 두드리며 소리쳤다.

쾅쾅쾅쾅!

있는 힘을 다해 벽을 후려쳤지만 아무도 알아주는 낌새가 없다.

"뭐하는 거야? 지금 도망쳐 보겠다는 건가? 너무 날 쉽게 보는 것 같네."

태령이 그런 모습을 한심하다는 눈빛으로 바라보면서 다가왔다.

"이, 이, 이 시발! 오지 마!"

일진은 이미 제정신이 아니었다.

그가 주머니에게 단도를 꺼냈다.

날이 시퍼렇게 아주 잘 갈려 있는 단도.

학생들을 위협하기 위해 늘상 가지고 다니는 물품이었다.

덥석!

태령은 웃으면서 그 단도를 쥐었다. 그 정도 무기로 태령은 전혀 흔들리지 않았다.

빠드득!

태령의 손에 힘이 들어가는 듯하자, 곧장 단도가 태령의 악력을 이기지 못하고 산산이 부서져 떨어졌다.

"흐익!"

바로 눈앞에서 단도를 부수어 버리는 괴물 같은 태령의 모습에 놈은 그대로 바닥에 주저앉았다. 공포에 질려 바지 앞섶이 축축이 젖기 시작했다.

"더러운 새끼……. 너는 건드리지 않을 거야. 너희 그 잘난 일진 녀석들한테 전해. 더 이상 우형고는 건드리지 말라고. 앞으로 우형고등학교 학생을 건드리게 되면, 너희들은 정말 모두 죽게 될 거야."

태령의 살기 짙은 협박.

그 녀석은 끊어질 듯한 정신을 간신히 유지하면서 미친 듯이 고개를 끄덕였다.

"그럼 뒷정리는 알아서 하고. 난 먼저 가도록 하지."

죽음의 바로 앞에서 살아남았단 사실에 감격해 소리없이 눈물을 흘리는 녀석의 머리를 한 번 쓰다듬어 주고 태령은 말없이 창고를 나갔다.

"흐윽… 흑! 난 살았어……. 난 살았다고……."

태령이 창고에서 나가자 경직되어 있던 몸이 풀리고 긴장도 풀렸다.

그리고 한참이 지나도 태령이 돌아오지 않자 그 녀석은 그 자리에서 먹은 것들을 모두 토해내기 시작했다.

"우워에에엑!"

대부분이 알코올이고 간혹 음식물들이 보였다.

공포 때문에 굳어 있던 몸의 긴장이 풀리면서 역효과가 일어난 것이다.

한참이나 토를 하며 속에 있던 모든 것을 게워낸 녀석은 한쪽 벽에 기대어 앉아 실실 웃었다.

쓰러져서 미동도 없는 다른 놈들을 보다 보니 희한하게 계속 웃음이 나왔다.

"그래도 살았네……."

*　　*　　*

"그게 확실한 거야?"

폐차들이 산처럼 쌓여 있는 폐차장의 한 구석.

그곳에 대략 80여 명의 학생이 담배를 태우면서 살벌한 분위기를 연출하고 있었다.

이곳에 모인 학생들은 모두 학교에서 각자 주먹질 좀 한다고 이름을 날리는 녀석들이다.

대부분이 중학교에서부터 이름을 날렸고, 고등학교에 입학하면서 각자 유치장을 몇 번씩 왔다가 갔다가 하는 아이들이었다.

"그러니까 회장! 내가 알아봤는데 그 권태령이란 녀석이 그런 게 확실하다니까? 그날 지선이란 놈이 병원에 입원해 있어서 유하, 재명이라는 놈들은 거기에 있었거든!"

세 명의 아이가 그 80여 명의 가운에 앉아 있는 한 명의 학생에게 바들바들 떨면서 말했다.

반팔티 아래로 언뜻언뜻 보이는 칼 문양의 문신.

이미 다른 조폭에게 스카웃이 됐다는 소문이 도는 이유다.

서울에서 가장 강력한 힘을 지녔다는 조직 사시미파의 조직원들이 어깨나 등, 허벅지 등에 저런 칼 문신을 그려 넣고 다닌다는 말을 여러 번 들었던 터라 그 사실이 눈으로 확인되자 더욱 겁이 났다.

후욱.

일진회 회장의 입에서 뿜어진 담배연기가 그들의 눈과 코를 맵게 했다.

"그럼 그 녀석, 우리 일진회로 끌어들여. 나중에 한번 보잔다고 해."

"아, 알았어! 회장!"

"그리고 이번 주 상납금 가져와 봐."

회장이라는 아이가 손짓을 하자 어디선가 작은 가방을 들고 오는 학생이 있다.

"여기… 이번 주는 저번 주보다 좀 적어."

액수가 적다는 말에 도끼눈을 뜨는 회장을 본 아이는 움츠러들면서 변명거리를 생각해 내야 했다.

"그, 그게 이제 개학하는 학교가 많아서……. 미안해……."

빠악!

잠자코 듣고 있던 회장이 손을 휘둘렀다. 가방을 가지고 왔던 녀석은 머리에 가해진 충격을 이기지 못하고 넘어졌다.

"시발 놈이 어디서 변명질이야? 모자란 거 다음 주에 채워. 알겠어?"

"어, 응……."

다른 아이들이 쓰러진 아이를 부축하며 사라지자 회장은 다시 담배를 물고 주머니에서 종이 한 장을 꺼냈다.

바스락거리는 소리와 함께 구겨진 종이를 펴자 한 사람의 얼굴이 나왔다.

"흠……. 권태령이라고 했나? 부모 없는 고아 새끼라……. 일진회에 안 들어오겠다면 형님들 귀에 들어가기 전에 묻어도 별 상관은 없겠네."

그는 담배를 입에서 떼 종이에 지지기 시작했다.

이윽고 담뱃불 때문에 불타기 시작하는 종이.

그 종이는 친구들과 같이 길을 걸으며 웃고 있는 태령의 사진이었다.

『귀환인』 2권에 계속…

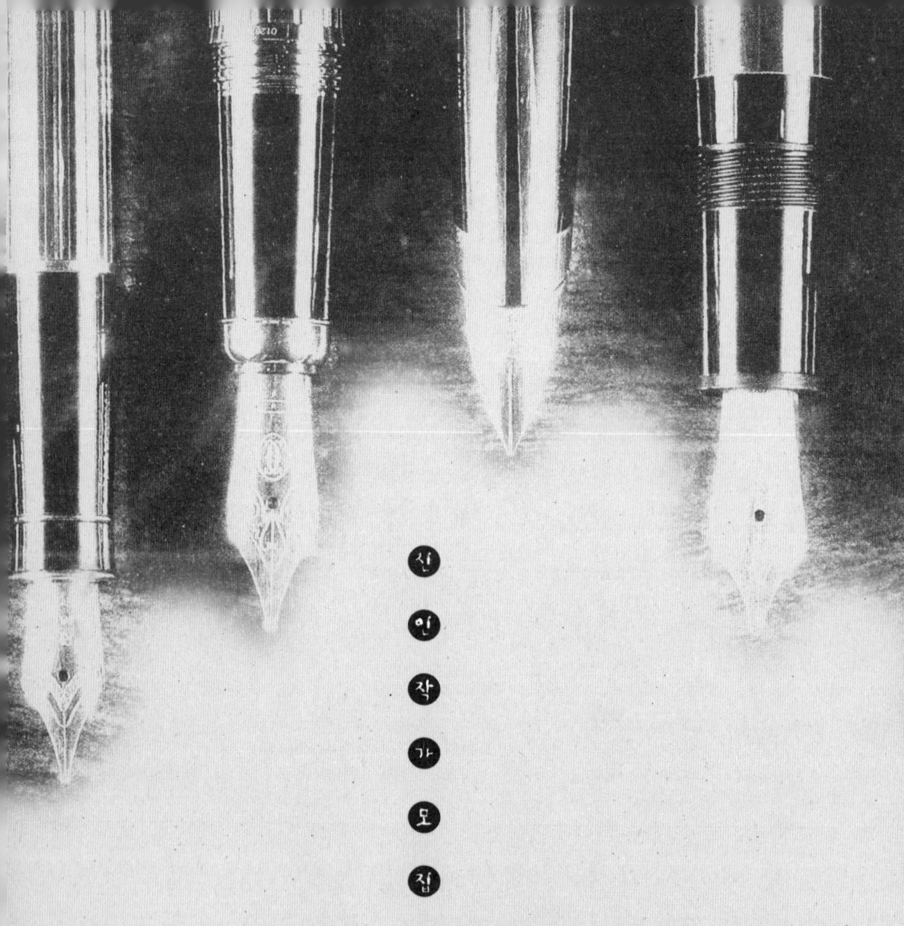

신
인
작
가
모
집

1월 0일

진호철 장편 소설

살아진다고 사는 것이 아니다.
스스로 살아야만 진정한 삶이다!

우주의 법칙마저 뛰어넘은 미증유의 힘, 반물질과의 만남.

1월 0일, 운명이 격변하는 날!
오늘은 새로운 삶의 시작이다!

Book Publishing CHUNGEORAM

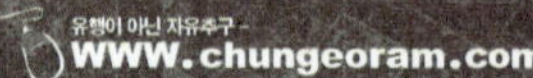